痴人之爱

〔日〕谷崎润一郎 著

谷恒勤 译

台海出版社

图书在版编目（CIP）数据

痴人之爱 /（日）谷崎润一郎著；谷恒勤译. —— 北
京：台海出版社，2020.7
ISBN 978-7-5168-2571-6

Ⅰ.①痴… Ⅱ.①谷… ②谷… Ⅲ.①长篇小说—日
本—现代 Ⅳ.① I313.45

中国版本图书馆CIP数据核字（2020）第038724号

痴人之爱

著　　者：〔日〕谷崎润一郎	译　　者：谷恒勤

出版人：蔡　旭	封面设计：嫁衣工舍
责任编辑：姚红梅	

出版发行：台海出版社
地　　址：北京市东城区景山东街 20 号　邮政编码：100009
电　　话：010-64041652（发行，邮购）
传　　真：010-84045799（总编室）
网　　址：www.taimeng.org.cn/thcbs/default.htm
E － mail：thcbs@126.com

经　　销：全国各地新华书店
印　　刷：三河市骏杰印刷有限公司
本书如有破损、缺页、装订错误，请与本社联系调换

开　　本：880mm×1230mm	1/32
字　　数：163 千字	印　　张：7
版　　次：2020 年 7 月第 1 版	印　　次：2020 年 7 月第 1 次印刷
书　　号：ISBN 978-7-5168-2571-6	

定　　价：49.80 元

目 录
Contents

一

　　关于我们两口子世间绝无仅有的关系，我会尽量坦白且详尽地如实讲述。这段珍贵记忆对我们来说是难忘的，同时可以供各位读者参考。尤其是在局势千变万化的今天，日本逐渐与国际接轨，越来越多的日本人与外国人密切往来，各种主义及思想接踵而至。先别说男人了，女人也变时尚了。我认为我们这种夫妻关系虽然现在极为罕见，但很快会在别的地方出现。

　　回想一下，我们自从结婚就表现出跟别人不同。我正好是在八年前第一次见到妻子的，但是具体见面的日子我已经忘记了，只记得当时她正在浅草雷门周边的一家咖啡馆当女服务员，那家咖啡馆叫"钻石"。当时，她虚岁刚十五岁。所以，我和她刚认识的时候，她在咖啡馆打工，毫无经验，并不是正式的女服务员，也就是个实习生。

　　当时，我已经二十八岁了，我也不知道自己是怎么看上她的，可能是她的名字吸引了我吧。其他人都叫她"阿直"，后来我打听到她的真名叫"奈绪美"，这让我很好奇。她的名字很好，罗马语是"Naomi"，看上去像西方人的名字。从此之后，我就开始关注她。不只是她的名字时髦，她长得也有点像西方人，还非常聪明伶俐，所以我觉得她在这种地方当服务员真的是有点大材小用了。

实际上，娜奥秘（特别说明一下，我将在下文中用日语片假名按音译的方式写她的名字，不然总感觉少点洋味）长得与电影演员玛丽·碧克馥有点像，真像一个西方人。并不是因为我偏心，她成了我的妻子之后还是很多人这么说，所以这一点毋庸置疑。除了她的长相之外，她脱掉衣服之后更洋气，当然了，我是后来才知道的，之前并不知道。只是从她得体的打扮和优美的身段隐约地想象到她妩媚且修长的肢体。

如果没有她的亲生父母和姐妹，很难知道一个十五岁的小女孩的心中所想，所以我根本没法具体回答她在咖啡馆打工时的性情如何。想必，就算是娜奥秘自己在那个时候也无法对任何事都得心应手。但是，根据我仔细的观察，她看上去有点郁郁寡欢，不善言谈，铁青着脸，脸上那种黯淡之情就如好几块无色透明的玻璃叠放在一起发出来的光那样，看上去病恹恹的样子。原因是她初来乍到，不像其他女服务员那样爱打扮，与客人和朋友们都不熟悉，一直都是一个人默默地在角落里努力干活，也是因为这个原因给人留下了聪明伶俐的印象。

我想，我需要先介绍一下我自己。我当时在某个电器公司当工程师，一个月一百五十元的工资。我的老家在枥木县的宇都宫市郊，在当地念完初中之后到东京，然后在藏前高等工业学校学习，毕业之后没多久就做了工程师。除了星期天之外，我每天都要往返于芝口的住处和大井町的公司。

我领着一百五十元的薪水，一个人租房子住，我的生活算是很滋润的。虽然我是家里的长子，但是我不需要向老家的母亲和弟弟妹妹们寄钱，因为我家里的农业产业规模不小，父亲已经去世了，年迈的母亲和老实本分的叔叔及婶子包揽了家中大小事务，我则自由自在地过自己的日子。但是，我没有不良嗜好，我是工薪阶层当中的典范：朴素、认真、资质平平、没有怨言、工作认真努力。我的大概情况就是这些。同事们都认为"河合让治君"是"正人君子"。

我的娱乐活动，一般就是晚上去看看电影，去银座大街上散散步，有时候也会奢侈一下去帝国剧场看看戏，也就是这些了。我还没有结婚，所以很想与年轻女性接触。但是，我来自乡下农村，是个粗人，不擅长与人交往，所以到现在为止都没有接触过异性，所以别人才觉得我是"正人君子"吧。我虽然表面上算是个正人君子，但是内心也很不安分的。不管是在街上走还是在早上乘电车的时候，我都很留神女性。正好在这时候，娜奥秘不经意间出现在我的眼前。

但是，我当时并没有觉得那时的娜奥秘倾国倾城，因为那时候电车里、帝国剧场和银座大街上来来往往的女人比她好看的大有人在。她是否长得俊美以后再说。她只不过才十五岁而已，我对她的未来有过期待，也充满担忧，所以一开始我想先收留她，照顾她的饮食起居，如果以后能进一步发展的话再好好培养她，娶她当老婆也可以。当时我就是这么想的。一来我比较同情她，二来我也希望我平淡无聊的日子能够有一丝的变化。实话实说，我已经开始厌烦那种常年租房子住的日子了，我希望让这种单调无趣的日子增添点生活的温馨和情调。有一个自己的家，即使再小也无妨，再雇个保姆，让她帮忙收拾房间、种花养草、在光线好的阳台上挂个鸟笼，然后为我烧菜做饭、打扫卫生。如果娜奥秘来我家的话，她不但可以给我当保姆还能做个小鸟依人的小女人。

如果这样的话，还不如娶个好媳妇儿正式成家呢？——这么说起来的话，当时还没有结婚成家的勇气。关于这方面，我需要详细说一下。我这个人还是很有常识的，我不喜欢，也不想参与离奇古怪的事情，但是却很想结婚，又很赶潮流。说起"结婚"，人们经常会拘泥于形式和大操大办的风俗。先要有人牵线，了解双方的意愿，然后就是相亲，如果双方都有意的话，还要正式请媒人，下定礼，把五挑、七挑或十三挑的嫁妆搬到丈夫家里，然后就是出嫁坐轿、蜜月旅行、回门等，这么烦琐的流程一个都不能落。我不喜欢这种复杂的程序，我认为结婚就应该是简单而自由的。

那个时候，我想结婚，可选择的对象很多。虽然我是个乡下人，但是我身体健康、强壮、品行端正，虽然自己夸自己有点尴尬，但是我的长相也算可以，也有不错的社会信誉，很多人都想替我张罗婚事。但是，我不喜欢别人操心，真无奈。不管对方多么漂亮，如果只靠一两次相亲来了解的话肯定不够的，没法完全了解对方的脾气和想法。我可不想只凭别人说"看上去还行"或者说"长得还不错"这种一时的想法就愚蠢地决定终身大事。倒不如留下娜奥秘这种女孩儿，看她慢慢长大，如果可以的话将来娶她为妻，这才是最好的办法。我并没有奢望过能够娶哪家的阔小姐或者才貌双全的大家闺秀，能娶到娜奥秘这种女孩儿已经很满足了。

此外，能够和一位少女做朋友，朝夕相处，亲眼看着她逐渐长大，可以开开心心地住在同一个屋檐下，那种感觉比正式成家更特别。换言之，我与娜奥秘在做另外一种过家家的游戏，过着简朴安静的生活。但是，不存在那种"成家"的琐碎，这就是我想的。实际上，现在的日本，所谓的"家庭"就是家里摆满不可或缺的东西，有长火盆、棉被褥等，夫妻二人和保姆分工明确，还要遵守与邻居和亲戚的交往规矩，不但因此多花不少钱，反而会将简单的事情变复杂，变得刻板，对年轻的工薪阶层来说，这种生活并不开心快乐。所以，我认为我的计划的确是一个不错的想法。

我认识娜奥秘之后两个月左右跟她提出这个想法，那段时间，我只要一有空就去钻石咖啡馆，尽量寻找接近她的机会。她非常喜欢看电影，所以我会在公休日陪她去公园电影院，看完电影之后，我们会顺路到小西餐馆和荞麦面店吃点饭。那时候，她不太爱说话，不管是高兴还是无聊，她基本上都会沉默不语。但是，我邀请她的时候，她从不拒绝，总是会爽快地答应："好的，可以。"不管我到什么地方去，她都会跟着我。

我不知道她心里是怎么看我的，不知道她跟着我的时候怎么想。她还是个小孩，不会对"男人"有怀疑态度。我觉得她非常天真单纯，因为这个"叔叔"会带自己去看喜欢的电影，还经常请客吃饭，所以就会跟着他出去玩。当然了，当时我也只不过是孩子的一个陪伴而已，一个热情和气的"叔叔"，并没有在言谈举止中表现出自己的欲望。每当想起当时朦胧的如梦一般的时光，我至今都难以控制自己的想法：好想再次生活在那种童话一般的纯洁无瑕的日子里。

"娜娜，怎么样，你能看清楚吗？"

小电影院座无虚席，我和她只能站在后面，我这样问她。

"根本看不见。"她一边说一边拼命踮起脚想方设法透过前面人头攒动的缝隙往前看。

"你这个办法不行。坐到这个木档上吧，抓住我肩膀。"我一边说一边将她托到高高的横木扶手上坐定，她的双脚放在半空中，一只手扶在我的肩膀上，心满意足地屏住呼吸盯着银幕看。

"好看吗？"

"好看。"

她只是这么说，但是没有高兴地拍手，手舞足蹈的样子，就好像一条聪明的小狗在聚精会神地听远处的声音。她睁大明眸静静地盯着银幕看，她告诉我她很喜欢看电影。

"娜娜，你饿了吗？"

"不饿，现在不想吃东西"，有时候她会这么回答，但是真要是饿的时候她也会说"我饿了"。而且，当我问她想吃西餐还是吃荞麦面条的时候，她会明确告诉我她的选择。

二

"娜娜，你长得像玛丽·碧克馥。"

有一次，刚看完这位女演员演的电影之后，在一家西餐厅吃饭的时候我跟她说。

"是吗？"她听罢之后并没有看上去很高兴，只是看着我，不太理解我刚才说的。

"你没觉得吗？"我又问。

"我不知道和她是不是长得像，但是别人都说我长得像混血儿。"她平静地说。

"是的。首先，你的名字就很特别，娜奥秘，谁给取得这么洋气的名字呢？"

"不知道。"

"是爸爸还是妈妈呢……"

"是谁呢？……"

"你爸爸做什么生意？"

"他去世了。"

"妈妈呢？"

"妈妈还健在，但是……"

"你有兄弟姐妹吗？"

"有好几个，哥哥、姐姐、妹妹……"

之后又有好几次提起过这个话题，但是每次问她家庭状况的时候，她脸上总有一些不开心的样子，说话含含糊糊的。我经常会提前一天约她一起外出，约好在公园的长凳或者观音堂前面见面，她从来不会记错时间或者放我鸽子。我要是有事迟到的话，担心她等不及走了，但是去到之后发现她还在原地等着我，看到我之后就赶紧起来朝我走过来。

"对不起，娜娜，让你久等了吧？"

"是啊，一直都在等您。"

她只会这么说，但是并没有不开心或者生气。有时候，我们会约定在公园的长凳上见面，但是天突然下起雨，我正担心她怎么办呢，跑去一看，只见她蹲在湖边的一个供着某个菩萨的小祠堂的屋檐下专心致志地等我，让我好生怜惜。

那个时候，她总是会穿着一身铭仙绸的旧衣服，好像是姐姐穿过的，腰上系着薄毛呢子的友禅染色腰带，留着日式裂桃发型。妆容淡雅，穿一双补丁袜，但是，白色的布袜却很合脚，看起来也很好看。我问："你是不是只有在休息日才留这样的发型？"她却只回答说"家里让我这么做的"，依然没有过多的言语。

"今天时候不早了，我送你到家门口吧。"我再三跟她说。

"不要紧，快到了，我自己能回去。"走到花圃宅第的拐角处，她肯定会跟我说"再见"，然后就吧嗒吧嗒地跑进千束町的小巷子了。

当时已经是四月底了，天气已经回暖了，下着蒙蒙小雨。咖啡馆里没有多少顾客，里面比较空闲、清静。我坐在桌边好久了，一个人在那里自己倒酒自己喝。看上去我挺能喝的，但实际上我的酒量很小。为了消磨时光，我点了女人喝的鸡尾酒，细细品味，味道很甜。这时候，娜奥秘端来了下酒菜。

"娜娜，来这里坐一会儿吧。"我醉醺醺地说。

"好的。"她按照我的吩咐坐在我身边，我从口袋里掏出来敷岛牌香烟，她赶紧用火柴给我点上烟。

"不忙吧，跟我聊一会儿吧。看来今天晚上不太忙。"

"不忙，难得这么闲。"

"平常很忙吗？"

"从早忙到晚，读书的空也没有。"

"娜娜喜欢看书？"

"是的，喜欢。"

"你喜欢看什么书？"

"各种杂志，只要能看都可以。"

"真让人佩服。既然那么喜欢看书，怎么不去上女校？"

我故意这样问，偷偷看她的表情。她有点生气，板着脸，看着某个方向眼神里有些茫然，还有一丝悲伤、难过的神色。

"娜娜，你若真想学习，我可以供你，怎么样？"

她仍然默不作声，我安慰她："行吗？娜娜，你别不说话呀，告诉我怎么想的。你想学什么，做什么？"

"我想学英语。"

"哦，想学英语啊……就学英语吗？"

"还希望学音乐。"

"我供你上，你去学吧。"

"但是我已经十五岁了，上女校的话已经太晚了。"

"这有什么，女孩不同于男孩，十五岁不晚。再说了，学英语和音乐也用不着去女校学，请个老师就可以了。你真的想学吗？"

"真想学……你真想供我学习吗？"

说着，娜奥秘突然死死地盯着我的眼睛。

"当然了，但是如果你去上学就没法在这里打工了，你愿意吗？你辞掉工作，我就可以带你去我家，让我来照顾你的生活……我会一直对你负责任的，把你培养成优秀的女孩。"

"如果那样的话，可以啊……"

她回答得很干脆，没有半点儿的犹豫，我有点吃惊。

"那你会辞职吗？"

"嗯，不干了。"

"娜娜，虽然你这样决定没问题，但是你妈妈和你哥哥会同意吗？你得听一下家里人的意见吧？"

"他们的意见不听也行，他们不会说什么的。"其实，她虽然嘴上这么说，但是心里还是很在意家人的看法的。她习惯了这样，不想让我知道她家的具体情况，所以才这样一副满不在乎的样子。我也没有打算使劲追究，但是为了帮她实现愿望，还是觉得应该去她家里跟她母亲或者兄长说一下。我在我们后面的谈话中多次提到"让我见见你的家人吧"，她听了之后总是有点儿不高兴，一直都说："行啦，你不用去了，我自己说就行。"

娜奥秘现在已经成为我的老婆了，为了这个"河合夫人"的名声，我现在没必要详细说明她当时的身世和性情，不想惹她不开心，尽量避免这个话题。当时我就想以后肯定有机会能够整明白这些事情，即便没办法整明白的话，她的家在千束町，她十五岁就在咖啡馆当服务员了，非常不情愿将自己的住址告诉其他人，从这些方面可以大概了解她的家庭状况。但是，事情到这里并没有结束，我终于说服了她，见到了她的母亲和哥哥。他们好像并不关心自己的女儿、妹妹的贞操问题。我跟他们讲："她非常喜欢学习，这很难得，如果她长期待在那种地方打工的话实在是有点儿可惜了。你们要是不介意的话，就把她交给我吧，我来照顾她，虽然我能力有限，但是我想雇个保姆，帮忙买菜、做饭、打扫卫生，也让她接受教育。"我也将我还没有结婚一个人住的情况一五一十地告诉他们。他们听了之后并没有非常兴奋，他们说："如果您能照顾她，那是她的福分啊……"就像娜奥秘说的那样，家里人的想法不听也罢。

那个时候，我也能够深切地体会到世界上竟然还有这么不负责任的妈妈和哥哥，也更加同情和怜悯她了。根据她母亲的说法，家里人不知道怎么照顾娜奥秘。"我们本来想让她去做艺伎，但是她不想去，她又不能老是无所事事，所以没办法只好让她去咖啡馆当服务员了。"她这句话的意思就是要是有人愿意收留她，将她抚养成人，那么他们就放心了。原来是这样啊。她母亲说完之后我才恍然大悟：她不想在家里待着，所以公休日的时候她总是跟我一起去看电影或者外出游玩。

但是，她家对她这样对我和她来说也算是好事一桩。谈妥之后，她就辞掉了咖啡馆的工作，每天和我一起去找房子。我上班的地方在大井町，所以想尽量方便一些。周日一大早，我们就在新桥站见面了，工作日的时候，她就在大井町等我下班，然后去蒲田、大森、品川和目黑等郊外附近去找房子，有时候也到市内的高轮、田町和三田附近去找。回去的路上，我们会找个地方吃点晚饭，有时候也去看场电影，有时候也去银座散步。最后，她回千束町的家，我则回到位于芝口的出租房中。那个年代房源很少，不好找出租房，就这样过了半个多月。

那时候，如果五月的周日早上，天气晴朗，微风不燥的话，就会有一位男子和一位小姑娘一起并肩在大森周边绿树成荫的郊外马路上散步，男子打扮得像是公司职员，女子梳着裂桃式发髻，衣着有点寒酸。男子称呼女子"娜娜",女子称呼男子"河合先生"。二人看上去不是主仆,也不是兄妹,也不是朋友和夫妻,两个人之间有些客气,有些拘谨,他们交流着,打听住户的门牌号,欣赏周边的景色,有时候还会流连道路两边的宅院、树墙、院子和路边盛开的香气扑鼻的鲜花。不知道要是有人看到他俩会怎么想?看到他们的人一定会对在晚春的一整天里四处转悠充满幸福感的这两人感到很好奇。

　　说起鲜花,我马上想到娜奥秘非常喜欢西方花卉,她知道很多我没听说过的鲜花名称,而且都是非常难记的英文名称。她跟我说,她在咖啡馆打工期间经常护理花瓶,所以就不经意间记住了。散步的时候,如果看到有暖房的住户,她就会驻足观望,很开心地说:"呵,花儿真美!"

　　"娜娜喜欢哪种花儿?"我问。

　　"我最喜欢郁金香。"

　　娜奥秘在千束町那种破破烂烂的巷子中长大,所以她对广阔的田野有特别的感情,所以才让她养成了爱花的习惯吧。不管她看到什么花,如紫花地丁、蒲公英、紫云英还是樱草……只要她能在地头间看到这些野花,她就会急忙过去摘。一天下来,她采了很多花,然后将其扎成好几束,小心翼翼地保存起来拿回来。

　　"你的花儿都枯萎了,还是扔了吧。"

　　但是她不愿意,"不要紧的,洒点水就能恢复如初,放在你的桌子上肯定很好看",快再见的时候她会亲手把花给我。

　　虽然我们找了很多个地方,但还是没有找到满意的房子,我们最后在国营省线电车周围租了一个很差的洋房,那边离大森站有两三里地。当时,并不流行"文化住宅"的说法,用现在的流行词语来形容的话或许比较合适。这座房子的屋顶是用红色石棉瓦建的，又高又陡的，其高度甚至达到了整个房子的高度的一半。房子四周都是用白色的外墙包裹着，就像是一个火柴盒，上面有很多长方形的窗户。如果说正面的门廊前是庭院的话，还不如说是空地，这个样子看起来好像不是为了居住而是为了作画。实际情况也是这样的。听说这个房子是由一个画家建设的，他的妻子是一个模特，他们俩之前在这里住。这个房子的设计不合理，不适合住。底楼只有一间画室，非常大，但是空空如也，玄关和厨房很小；二楼上有一间三铺席和一间四铺半席的房间，就像是阁楼上的贮藏室那样，空间非常小，没啥用处。画室当中有个楼梯，可以通往楼上的阁楼，上面有个走廊，周边有扶手，就好像是剧场的楼座那样，可以俯瞰整个画室。

第一次看到这个房子的情景时，娜奥秘是非常满意的，她大声嚷嚷说："太洋气了！我喜欢这样的房子。"

我看她这么喜欢，当场就同意租下这个房子了。

我想她肯定是童心未泯，这座房子就像是一个童话插图一样，风格奇特、与众不同，虽然它的设计不怎么合理。确实如此，对想方设法摆脱家里的羁绊、想过自由自在的生活的少男少女来说的话，这个房子再好不过了。想必那位画家和他的模特妻子也是本着这样的心情在这里住的。但是，若只有两个人住的话，光那间画室就足够了。

三

大概在五月下旬，我和娜奥秘一起搬进了这座有"童话色彩"的房子。真正入住之后，我发现这里并没有想象中的那么不方便，阁楼上阳光充足，从那里可以眺望大海，可以在南边的空地上建一个花坛，唯一的缺点就是附近经常有电车经过，好在中间还有稻田隔着，也不算太吵。因为这座房子不适合一般的一家人居住，所以房租很便宜。那个时候，物价比较低，这座房子不需要押金，只需要每个月二十元的房租即可，所以这让我很满意。

我在搬家的那天跟娜奥秘说："娜娜，以后就别再叫我'河合先生'了，就叫我'让治'吧。以后我们就像朋友那样一起住在这里。"

我也跟老家里的亲人说我已经不在现在的出租屋里住了，我又租了一个房子，还找了一个十五岁的小姑娘当保姆，但是，我没有跟他们说跟这位小姑娘像朋友一样一起生活在一起。我觉得老家里的亲人很少过来，如果有必要的话到时候再告诉他们也不晚。

搬到这座新奇的房子之后，我们忙着置办各种合适的家具，并且将其安放、布置妥当，这段时间是忙碌且快乐的。为了让她提高情趣，我一般不自己做主，哪怕只是买一个小小的东西也要尽量让她出主意，征求她的意见。这里原本就不能放橱柜及长火盆等传统家具，因此我们有很多选择，我们可以随心所欲地摆放家具。我们找来了价格比较便宜的印度印花布，娜奥秘亲手缝制了一副窗帘，她的缝纫技术不够娴熟，后来又从芝口的西式家具店淘来了很多家具，如旧藤椅、沙发、安乐椅和餐桌等，将其摆放在画室里，墙上挂了几张美国女明星的照片，如：玛丽·碧克馥等。我们本来想在卧室里安放西式家具，但是由于买两张床太贵了，老家那边可以给我们寄送被褥，所以最后就没有购买西式被褥。

但是，老家给娜奥秘送来的被褥是给保姆用的，藤蔓花纹，很薄很硬，我觉得很对不住她。

"这样不行，我拿我的被子跟你换一床吧。"

"不用了，这个就行。"

她盖上那床被子，一个人在阁楼上三铺席的屋里躺着。

我在她隔壁的四铺半席的房间里睡，每天早上醒来之后，我们就躺在各自的被窝里聊天。

"娜娜，你醒了吗？"

"哎，醒了。几点了？"

"六点半了。我来做早饭吧。"

"是吗？我昨天早上做的早饭，今天让治做吧。"

"躲不掉了，我做吧。做饭太麻烦了，还不如吃点面包。"

"可以，但是让治耍赖啊。"

我们想吃饭的话，就用小砂锅煮好直接端到桌子上，也不用盛到碗里了，然后拿罐头等当小菜配着吃。如果嫌麻烦，就吃点面包、黄油和牛奶凑合一下，或者吃点西式点心将就一下。一般情况下，晚上会吃点荞麦面和乌冬面，有时候也会到周围的西餐

痴 人 之 爱
ちじんのあい

厅去改善一下伙食。

"让治，我们今天吃牛排行吗？"她经常问。

早餐过后，我去上班了，她一个人在家。上午的时候，她会在花坛里照顾花草；下午，她会锁上门之后去学英语和音乐。她觉得最好是从头开始跟着西方人学英语，所以每隔一天都会去哈里逊小姐家里学对话和阅读，哈里逊小姐住在目黑，是一位美国老姑娘，我会在家里给她辅导不会的地方。我不懂音乐，我听说有个女老师在家里教授钢琴和音乐，这位老师两三年前毕业于上野音乐学校，我就让她每天到芝伊皿子去学一个小时。娜奥秘穿着铭仙绸的和服和藏青色呢子裙裤，穿一双黑色的袜子，套着一双可爱的小半筒靴子，就是一副女学生的装扮。她觉得终于可以实现自己的理想了，很是开心，每天学习都很用功。有时候，我下班之后会和她在路上相遇，无论如何都看不出来她曾经是在千束町长大的且在咖啡馆当过女服务员，她也不再梳裂桃式的发髻了，而是用缎带将其头发扎成马尾辫。

在上文中我曾提到过我想收养娜奥秘的时候是本着"金屋藏娇"似的想法的，她自从进入我家门之后，脸色日益健康红润，气质也好了，成了一只真正活泼开朗的小鸟，那个宽敞的画室就是她的笼子。五月底到了入夏的季节，花坛里开满了各种娇艳的花。每天傍晚，我下班，她下课回家，阳光透过印度印花布窗帘撒到画室里，将白墙照得如同白天那样明亮。她换上法兰绒的单衣，光着脚穿上拖鞋，走在地板上发出咚咚咚的声音，哼着学到的歌曲，有时候还会蒙起眼睛跟我捉迷藏。她会在画室里到处乱跑撒欢儿，不时跳过桌子、钻到沙发底下，或者掀起椅子，有时候甚至会跑上楼梯，跟老鼠似的在阁楼的走廊里到处乱窜。有一次，她竟然将我当成马，骑在我的背上，在屋子里到处爬。

"驾、驾、驾，吁——"她让我咬住手巾，她把手巾当缰绳。

有一次，我们俩又在疯玩，她笑得前仰后合的，活灵活现地在楼梯跑上跑下的，但是没站稳，一脚踩空了从楼梯上滚了下来，她突然抽泣起来。

"哎，你怎么了？……哪里受伤了，我看看。"

我一边说着一边抱起她，她还在哭，拂起袖子给我看。她的右胳膊破了皮，还有点出血，也许是滚下来的时候碰到钉子这样的东西了吧。

"哎呀，就这么点伤还用得着哭！来吧，我给你贴点橡皮膏。"

我给她贴上膏药，将手巾撕开给她包扎一下。这时候，她眼里的泪水扑簌簌地往下掉，不停抽泣，看上去好像一个懵懂无知的孩子。倒霉的是，她的伤口化脓了，都五六天了还不见好转，每次换药她都哭。

我自己也不知道当时是不是对她动了心，现在想来我确实是爱上了她。只是，我当时原本想着抚养她，享受将其培养成优秀女人的一个过程，只要这一点能做到我就知足了。当年的夏天，公司给我放了两星期的假，我还是与之前一样回老家看家人了。她则回到浅草的娘家去了，将大森的房子锁上了门。但是这两星期待在老家里，我特别无聊、孤单，我没想到没有她的日子会这么难熬。所以我想或许这就是爱情开始萌芽了。之后，我就找借口跟母亲说我要提前回去，所以就提前返回了东京。当时到达东京的时候已经晚上十点多钟了，我突然决定从野战打出租车去娜奥秘的家。

"娜娜，我来了。我让出租车在那里等着，我们现在就去大森吧。"

"好的，马上走。"

她让我在门外等着，一小会儿之后她就拎着一个小包袱跑出来了。当天晚上天气格外闷热，她穿着一件淡紫色的葡萄花纹的平纹薄纱单衣，头发用浅粉色的流行的宽缎带扎着，轻飘飘的样子。这件薄纱的衣料是我前段时间在盂兰盆节的时候给她买的，我回老家的这段时间，她在娘家找人给自己缝制的。

"娜娜，你每天做什么？"

出租车驶向了广小路，那边热闹非凡。我和她坐在一排，我朝她靠近了一点，然后问她。

"每天去看电影。"

"那也不算寂寞啊？"

"没感觉寂寞，但是……"她说了一半停下来了，若有所思，"让治，你怎么提前回来了呢？"

"我在老家没事干就提前回来了，还是东京好啊！"

说罢，我叹了一口气，看着车窗外繁华大都市的点点灯光，我的心情无法言表。

"但是我认为夏天的时候乡下也不错啊。"

"也不能以偏概全吧。我的老家在农村，那里杂草丛生，周围也没什么名胜古迹，白天到处都是苍蝇、蚊子，还非常热，让人受不了。"

"哦，是那样啊？"

"嗯。"

"我想去洗海水澡。"

她突然说道，口气就像是小孩在撒娇一样，非常可爱。

"我抽空带你去个凉爽的地方，你想去镰仓还是去箱根？"

"我想去大海啊，大海比温泉好……"

她的声音天真无邪，与之前并没有不同，但是十天没见面了，她突然一下子长大了，我情不自禁地偷偷看她遮挡在薄纱下面丰满、圆润的肩膀和乳房。"这个挺合身的，你找谁做的？"我过了一会儿问她。

"妈妈做的。"

"家里人觉得怎么样，说我会挑布料了吗？"

"说了，他们说料子不错，就是花纹有点花哨。"

"你妈妈说的？"

"是……但是他们也不懂。"她一边说着一边将目光转移到别处，"别人都说我变了。"

"变成什么样子了？"

"可能是说我洋气了吧。"

"对，我也这么认为。"

"是吗？他们让我去梳日本发髻，但是我不愿意。"

"你的缎带呢？"

"这个是我自己买的，好看吗？"

她一边说着一边扭过头去让我看她头上的淡粉色的缎带，她的头发有点干枯，缺乏光泽，这缎带迎风飞舞。

"嗯，很合适。也许这比日本发髻好看多了。"

"是啊。"她仰起鼻子尖朝着我得意地笑了。她有个坏习惯，就是翘起鼻子高傲地微笑，但是我觉得她就是这样才特别可爱。

四

娜奥秘经常跟我说："带我去镰仓吧。"八月初，我拿定主意带她去旅行，住个两三天。

"为什么只能住两三天呢？如果要去不住十天八天的太没意思了。"

临出发的时候，她在抱怨，流露出一副很不开心的表情。但是我只能找理由说公司里忙，所以才从老家回到东京，万一说漏了嘴不好跟妈妈交代。但是我认为如果跟她说明情况的话，她会觉得没面子，所以就只好改口说：

"今年你先玩两三天吧，明年的话再找个特别的地方让你一次玩个够……好吗？"

"但是，只有两三天……"

"虽然时间比较短，但是你要是去游泳的话，回来之后去大森的海滨游泳也行。"

"那里的海边太脏了，能游吗？"

"好了，别使性子了。乖，好孩子。我回来给你买件衣服补偿一下你……对了，对了！你不是想要西装吗？帮你做一套吧。"

她听到"西装"之后就不再坚持了。

我们住在镰仓的长谷金波楼上，这个海滨旅馆档次一般。现在想起来还有点好笑。当时，我带着上半年的大部分奖金，住两三天的话本来不需要和往常一样节约，还有我们俩这是第一次一起外出旅行住宿，我心里很开心，为了给她留点好印象，我一开始打算不要太吝啬了，应该找个好点的旅馆。但是，出发的那天，我们坐上去横须贺的二等车厢之后，我就开始心虚了。原因是这列开往逗子和镰仓的二等车厢中有很多穿着华丽的太太和小姐。跟她们相比，虽然我的着装还算说得过去，但是娜奥秘的打扮就太显寒酸了。

　　当时，正值酷暑难耐的时候，所以那帮太太和小姐们也不会穿得太臃肿，但是跟娜奥秘一比的话，很明显就能看出来上流阶层和普通女人之间的气质相差明显，虽然娜奥秘已经不再是当时那个咖啡馆的女服务员了，但是毕竟她出身低微，又没有受过多好的教育，显然是没法比的。我都这样认为，她的感受肯定更强烈。那件葡萄花样的平纹细纱料子的单衣虽然一直是她引以为傲的，但是此时看来的话非常低俗。平常一些普通妇女也会只穿一件朴素的单衣，这本无可厚非，但是她们会戴珠光宝气的宝石戒指，手里还拿着名包，彰显她们的贵气。但是除了细腻光滑的皮肤之外，娜奥秘别无他长。那时候，她将自己的遮阳伞藏到衣袖后面，非常尴尬，那场面我至今记忆犹新。虽说那把伞是新的，但是大家都知道那种是很便宜的，也就值个七八元钱。

　　虽然，我们还想住三桥的宾馆，或者狠狠心去海滨饭店住，但是一开始就被富丽堂皇的饭店那种装修气派打击了一下，我们俩在镰仓长谷道上走了两三个来回，还是决定到当地金波楼旅馆去住，那边也就是属于二三流的档次。

　　旅馆里有很多年轻的学生，非常吵闹，喧哗。我们每天都去海边，活泼好动的娜奥秘看到大海就非常兴奋，她早就将在火车上尴尬的遭遇抛到九霄云外了。

"我一定要在今年夏天学会游泳！"

她紧紧地拽着我的胳膊，在比较浅的地方一阵乱扑腾。我用双手将她的身体托起来，让她趴在水面上，或者让她使劲抓住木桩，我将她的脚抓住，教她如何蹬腿。

我有时候会突然将手松开，故意让她喝几口海水，海水很苦很咸。不想游的时候就练习漂浮冲浪，然后在海滩上肆意玩耍嬉戏打闹。傍晚时分，我们租了一艘小船向大海深处划去。此时，她会拿一条大浴巾将泳衣裹住，有时候在船尾坐着，有时候又枕着船舷抬头仰望蓝天。她肆无忌惮地放声大唱那不勒斯船歌《桑塔露琪亚》，这是她擅长的歌曲。

O dolce Napoli,

O soul beato,

......

我如痴如醉地听着她用意大利语放声歌唱，歌声回荡在傍晚平静的海面上。我默默地划着桨，"再往前划，再划远点！"她想在无边无际的大海上驰骋。夜幕悄悄降临，空中繁星点点，俯视着我们的小船。周围已经昏暗了，她裹着白浴巾的身影也开始模糊了。她还在那里继续唱歌，反复唱了好几遍《桑塔露琪亚》这首歌，紧接着唱《洛勒莱》《流浪人》，还有《可爱的孩子》等歌曲的一部分，伴随着摇摇晃晃的小船，星空下回荡着悠扬的歌声。

也许别人在年轻的时候曾这样体验过，但是我当时真的是第一次经历。我是电器工程师，无缘文学和艺术，平常也很少读小说，所以当时只能够想起来之前曾读过夏目漱石的小说《野宿》。里面的确真有"威尼斯正在沉没，正在沉没"这句话。我和娜奥秘待在这艘摇摇晃晃的小船上，从海面上穿过暮霭遥望陆地上的灯光，脑海中情不自禁地浮现出这句话，当时有种想潸然泪下、如痴如醉的心情。就好像我和她会一起漂流到一个很远的陌生世界一般。我这种粗人竟然能够有这般美妙的心情，这趟为期三天的镰仓之旅没有白费。

还不止这些呢，实话实说，我还在这三天里有个重要的发现。我虽然和她住在一起，但是到现在为止没有目睹过她的体态，直白一点说，我还没见过她的裸体，但是这次一目了然了。她第一次去由比滨海浴场游泳的时候，头天晚上我们专门去买了一身深绿色的泳衣，她穿着这件泳衣，戴着相同颜色的泳帽，当她走到我的面前的时候，我被她匀称的身材震惊了，有点欣喜若狂的感觉。原因是她的身材和根据穿衣服时露出的曲线想象得完全一致。

我内心禁不住呐喊："娜奥秘，娜奥秘，我的玛丽·碧克馥。你长得真匀称，手臂这么柔韧，双腿这么修长，就好像男孩子一样健美挺拔！"情不自禁地在眼前浮现出电影中的健康活泼的泳装女郎的身影。

想必没有人愿意告诉别人自己老婆的身段详情，娜奥秘日后将成为我的妻子，我如此唐突地将她的身体情况写出来告诉大家也不高兴。但是，如果就此不谈的话，就不好描述以后发生的事情了，我的记录也将失去它的意义。所以，我需要将当时只有十五岁的娜奥秘在八月份游镰仓海边时的体态情景记录下来。那时候，她只比我矮一点儿，我虽然身体健康，但是只有五尺二寸的个子，不算太高。她的特点是上身短，腿修长，从远处看的话，她要比实际身高还显高。她的身材呈S形，胸部丰满，臀部隆起，成熟女子的圆润显露无遗。当时，我们已经看过由著名的游泳健将凯拉曼主演的美人鱼影片——《水神之女》。所以我跟她说："娜娜，你模仿一下凯拉曼的姿势吧。"

　　她站在海滨沙滩上，身体挺直，双手向上伸着，做出跳水姿势。两腿并拢，紧紧的没有一丝缝隙，腰部到脚踝的地方形成了一个倒置的小三角形。她自豪地问："让治，行吗？我的腿挺直了吗？"她一边说着一边走走停停，在沙滩上伸直修长的腿，自豪地欣赏。

　　她还有一个特点，就是她从颈项到肩膀头的线条。我经常可以接触到她的肩头，她总是在换上泳衣之后跑到我的跟前跟我说："让治，帮我扣上。"她让我给她扣上肩部的纽扣。像她这种女孩，脖子长肩膀滑溜，脱下衣服的话通常会更显瘦，但是她却恰恰相反，她的肩膀显得更加壮实、丰满，胸脯很圆润，肺活量挺大的。我在给她扣扣子的时候，她会深吸一口气，扭扭胳膊。背部的肌肉就如滚动的海浪一般，她那如小山似的肩膀被泳衣裹得紧紧的，就好像要绽开断裂似的。总体来说，她的肩膀活力十足，让人觉得年轻、健康。我私下里比较过她和周围的女孩。我发现没有谁能够跟她那样不但拥有健美的肩膀还有优雅的脖子。

　　"别动，娜娜！你要是动一下，我就没法给你扣上了。"

　　我经常一边说一边将她的泳衣的一端抓住，然后将她的肩头硬塞进泳装里面，就好像将一个大件的东西塞进口袋那样。

　　拥有这番身材的她喜欢运动，所以她比较活泼又不失野性。实际上，她擅长动手操作。她在镰仓学了三天的游泳之后，后来每天都到大森的海滨刻苦练习，那个夏天她就学会游泳了。此外，她还学会了划船、开快艇等本领。疯玩了一整天也玩累了，到了晚上就筋疲力尽了，她喊着"哦，太累了"，拿着湿乎乎的泳装回家了。

　　"哎呀，我太饿了！"然后一股脑儿坐在椅子上面。有时候不想做晚饭的时候，就在回家的路上顺路到西餐馆去吃点，两个人就像在竞赛一样大吃一顿，要了好几份牛排。她很喜欢吃牛排，一口气竟然可以吃三份。

关于那年夏天的快乐时光，无论怎么写也写不完，还是到此为止吧。最后，还有一点事不得不提，也是从那个时候开始，我开始习惯让娜奥秘到浴盆里面洗澡，然后我用橡胶海绵给她搓背和手脚。这是因为开始的时候，游泳之后的娜奥秘喜欢睡觉，不能到公共澡堂去洗澡，我只好在厨房里用清水将她身上带回来的咸海水洗干净。

"小娜，你全身黏糊糊的，这样睡觉可不行啊，坐到浴盆里面去吧，我给你洗干净。"

她按照我的吩咐，乖乖地让我帮她洗澡。所以我渐渐养成了习惯。到了凉爽的秋季，我还是照旧给她洗澡，后来我在画室的角落里放了一个西式的洗澡盆，我在那边铺上防滑垫，在周围放置了隔扇屏风，在整个冬天，我也坚持让她洗澡。

五

　　想必细心的读者在读了上文的描述之后已经明白我和娜奥秘之间已经不再是普通的朋友关系了，但是实际情况却非如此。随着时间的流逝，我们俩从内心深处开始彼此"理解"对方。只是因为一方面她才十五岁，我则因为上文所述的缺乏对女性了解而放不开，是个谦谦"君子"，而且我也在乎她的贞洁，不会因为一时冲动而逾越雷池。我觉得娜奥秘最适合当我的妻子，纵然还有别的选择，到了目前这个地步，我也不会朝三暮四，抛弃她，而且我更加坚定我的信念。也许是因为这个原因，从最初我就没有想过通过下三烂的手段来得到她，也没有想过玩弄她的感情。

　　第二年的四月二十六日，也就是她十六岁的那年春天，我们俩第一次有了肌肤之亲。我为什么记得这么清楚呢？实际上是从那个时候开始，哦，不是，是从更早些时候开始，也就是从她冲澡的那时候起，我便开始写日记了，将我对她各种感兴趣的事情逐一记录下来。那时候，她开始快速发育，越来越有女人味儿了。我怀着像一位母亲生下孩子记录孩子成长过程等那种心情开始将吸引我的生活情境逐一记录，如"笑了""开始咿呀学语了"。到现在我还经常翻阅日记。大正某年九月二十一日，也就是她十五岁的那年秋天的日记这样描述：

"晚上八点时分，我为她冲澡。她的皮肤在海里游泳的时候晒黑了，现在还是很黑，被泳衣遮挡的部分比较白皙，被晒到的地方很黑。我的皮肤也是这样的。但是她的皮肤本来是很白的，所以看上去更加黑白分明。她一丝不挂，也像穿着泳衣的时候那样。我跟她开玩笑说'你的皮肤像斑马'，她开心地笑了……"

　　一个月之后，十七日那天我在日记里写道：

　　"她被晒黑的皮肤蜕皮了，渐渐好转之后，比以前更加细腻有光泽了。我帮她洗胳膊的时候，她默默地看着从皮肤上流下的肥皂泡。我说：'真好看。''是的，真好看。'她也这么说，然后又说了一句：'我是说肥皂泡。'"

　　十一月五日在日记中描述道：

　　"今天晚上第一次使用西式的洗澡盆。她还不习惯，赤身裸体滑到水中没法坐稳，还咯咯咯地笑了。我叫她'大小囡'，她喊我'小爸爸'。"

　　此后，我们俩经常呼唤对方"大小囡"和"小爸爸"。她想要什么的时候就会跟我撒娇，这时候就会故意喊我"小爸爸"。

　　我在日记中使用"娜奥秘的成长"作为标题，所以也就顺其自然地记录关于她的成长历程。没多久，我就买了一部相机，她长得越来越像玛丽·碧克馥，我以各种光线和角度为她照相，然后将她的照片贴到了日记中。

　　说起日记，这个话题有点长。不管怎样，根据日记记载的情况，我们俩是在次年的四月二十六日这一天与她发生了难分难舍的关系。我们两个人之前已经达到一种默契，理解彼此了，所以也很自然会有这层关系，无法说清楚到底是谁勾引了谁。整个过程，我们俩并没有说什么话，两个人配合得很默契。做完之后，她贴着我的耳朵跟我说：

"让治，你永远都不能抛弃我。"

"我怎么会抛弃你呢，你放心，我肯定不会舍得你的，你是最懂我的……"

"是啊，我知道，但是……"

"你什么时候知道的呢？"

"这个嘛，什么时候呢……"

"我当初提议接你来照顾你的时候，你怎么想呢？你有没有想过，我让你来是想将你培养成优秀的女性，然后与你结婚呢？"

"我考虑过你的想法，但是……"

"如此说来，你来的时候就是打算当我太太的啊。"

还没等她回答，我就使劲将她搂在了怀里继续说："谢谢你，小娜，你如此能够理解我，真是太感谢了……实话实说，我没想过你是如此……如此符合我的想法。我简直是太幸运了！今生今世，我都会好好疼你的……我这辈子只爱你一个……就像人世间所有的情侣一样，不会负了你。你要相信我，我会为你活下去。我会满足你所有的愿望，你要更努力学习，希望你能够成为一个优秀的女人……"

"嗯，我一定会好好学习的，做一个让让治感到满意的女人，一定……"

她热泪纵横，不经意间，我也热泪纵横。当天晚上，我们整晚上都在聊天，一起畅想我们的未来。

过了没几天，我利用周六下午和周日回老家的时间跟妈妈说了与娜奥秘的关系。我为什么这么着急跟我母亲说呢，首先是娜奥秘担心我家人的想法，跟母亲说了之后她就放心了。还有一个原因就是，这样我可以名正言顺地将婚事办妥了。我凭借老年人愿意接受的理由，坦白了我的"结婚"想法，还有为什么想娶娜奥秘的原因。母亲对我的性格早就了若指掌了，她也很相信我，她最后只说了一句话：

"你既然这么想，当然可以娶她了。只是，她的原生家庭事情比较多，还是留意一下，免得将来有麻烦。"

虽然，我们可能得两三年之后才能举办正式婚礼，但是我想早点将她的户口迁来。所以，我很快就到千束町娜奥秘的娘家那边去商量。她的事情，她的母亲和哥哥本来就不上心，所以很快我们就谈妥了。她的家人虽然不关心她的婚事，但是也绝非是心狠之人，他们没有提出有关彩礼的要求。

后来，我们两个的关系发展迅速。没有人知道我们的事情。从表面上来看，我们俩还是和朋友一样，但是实际上，我们已经成了不用避讳旁人的合法夫妻了。

有一次我对她说："小娜，以后，我们就像朋友一样生活吧，永远……"

"你这辈子都会叫我'小娜'吗？"

"当然了。只是，还是喊你'夫人'吧。"

"不，我不喜欢……"

"要不然，叫你'娜奥秘太太'？"

"'太太'不好听，还是喊我'小娜'吧，如果我同意你喊我'太太'再这样喊吧。"

"如此说来，我永远只能做'让治先生'了。"

"当然了，难道还有别的称呼吗？"娜奥秘正面朝上躺在沙发上，手里不停地在玩弄蔷薇花，还不时地亲吻它，她突然喊道，"是吧，让治先生！"她将蔷薇放下，张开双手，将我的脖子紧紧搂住了。

"我的小娜太可爱了。"我被她紧紧抱着，都快喘不过气来了。她的衣袖将我的脸盖住了，我继续说，"我的小娜太可爱了！

实话实说，我不但爱你还崇拜你呢，你是我的心肝儿，是我亲自发现并打磨的钻石。为了让你成为绝代佳人，不管你要什么，我都舍得，我每个月的工资都会如数交给你。"

"行啦，不用。我只想更好地学习英语和音乐。"

"好啊，努力学习吧，努力！我很快会给你买架钢琴，你肯定会成为可以与外国人相媲美的淑女，你能行的！"

我跟她说话的时候经常使用"跟外国人相媲美"，"像外国人那样"的词汇，她也喜欢听，她会在镜子前面摆出各种姿势，问我："这样行吗？这种表情像外国人吗？"

她在看电影的时候特别留神女演员们的动作，比如玛丽·碧克馥的微笑、皮纳·梅尼凯丽的眼神，还有格拉汀·法拉头发是怎么梳的，她竟然到了走火入魔的境地，将自己的头发散开，然后模仿各种造型。她具有非常好的观察能力，总是能够在转瞬之间捕捉到女演员的习惯和感觉。

"太好了，就算是演员也达不到这种境界。你长得跟外国人简直一模一样。"

"是吗？到底是那儿像呢？"

"鼻子和牙齿。"

"啊，是我嘴里的牙齿吗？"

她说着就咧开嘴，发出"咦"的一声，开始照镜子欣赏自己的牙齿。

说真的，她的牙齿排列整齐，洁白靓丽。

"你和普通的日本人不同，你不适合穿和服，还是穿西服好看。就算是穿和服，也要穿点和别人不一样的款式。"

"什么款式好呢？"

"以后的女人都越来越放得开，再穿之前的那种太拘束严肃的和服就不合适了。"

"我穿袖子比较窄的和服，然后扎宽幅的兵儿带可以吧？"

"挺好。实际上，穿什么都可以，只要能尽量显出与众不同的风格来就好，不要日式的，也不要中式或者西式的，要奇特一点的……"

"如果有那种衣服的话，你能给我做一套吗？"

"肯定能啊，我要给你做各种款式的衣服，让你天天换新装。不一定非得用特等、上等的绉绸那种高档的布料，我觉得薄花呢或者平纹粗绸就行，主要是看款式是否新颖。"

这样交谈了一番之后，我们就经常一起去绸缎店和百货商场去寻找各种布料。那段时间，我们几乎每个星期天就去三越及白木屋的商店，我们几乎看不上普通的女性用品，但是又很难找到令人满意的花纹料子，普通的绸缎店不行，所以我们就到印花洋布店、毛毯店和衬衫西服布料店去淘货，还专门去横滨中华街以及华人区中面向外国人的布料店。一整天都在那边逛，最后太累了，没有力气走路了，两条腿像灌了铅一样直绷绷的不能打弯。我们边走边看没有放松，不时注意看看外国人穿什么，怎么打扮，还到处看看橱窗里的装饰，每当看到新鲜的事物，娜奥秘就开始嚷嚷："啊，你看那块布料行吗？"说完她就马上飞奔到店里面，让店员将橱窗里的布料取出来，她将其提到下巴下面或者将其裹到身子上对照着看。即便只是看看而已，我们也会感觉很有趣，非常有意思。

最近一段时日，普通的日本妇女们开始逐渐流行穿蝉翼纱、乔其纱或薄绵绸等面料做的单衣，想必我们是最早引领这一潮流的人。很奇怪的是，这类面纱非常符合娜奥秘的气质。用这些布料不是单纯地将其做成传统呆板的衣物，而是将其做成袖子很窄的衣服，或者是做成睡衣形式的衣服，或者是夜间室内的薄长袍。还有一种方法就是将布料直接裹在身上，用别针将其固定。她将这种衣服穿在身上在家里走来走去的，站在镜子面前臭美，摆出各种姿势，让我给她照相。她穿上雪白的、玫瑰色的和淡紫色的衣服，那衣服如蝉翼一般那么通透、轻便，她看上去就像一朵盛开的花朵那样亮丽。"你这样试试""你那样试试"，我不时地将她抱起来，又将她放下。又时不时地让她坐下，让她走走，就这样欣赏她好几个小时，一点都没有觉得疲惫。

就这样，她一年又增加好几套衣服，她自己的房间里摆不开这些衣服，所以就随手到处乱扔或者乱放。要是有个衣橱就好了，但是我认为买衣橱花的钱还不如用来买衣服呢，再说了，买衣服是我们的兴趣，我们也没必要精心保存它们。虽然衣服是不少，但都是很便宜的，如果烂掉了就重新买新的。将衣服放在显眼的位置，也容易换，还可以用来装饰房间。画室就好像是剧场里面的更衣室，无论是椅子上，还是沙发上、地板的角落里、楼梯的半道上、阁楼的过道上的扶手栏杆上面，随处可见乱扔乱放的衣服。而且这些衣服好像从来没有洗过，她喜欢贴身穿，所以她的所有衣服上面好像都有污迹。

虽然她的衣服很多，但是大多数都是很另类的衣服，顶多有一半可以用来穿着见客人。她外出的时候非常喜欢穿一套缎子夹衣的和服外套，与其说是缎子的，倒不如说是棉丝混合的面料。和服和外褂都是红褐色的，颜色比较素，草履的屐带和外褂的纽扣也是相同颜色的。其他的，如衬领、腰带、带扣、内衣衬里、袖口和反窝边都是天蓝色的。腰带也是棉丝缎子做成的，中间薄的窄幅腰带，扎紧之后胸部就比较明显了。她要求用像贡缎之类的布料来做衬领，所以我就给她买来扎上。通常情况下，她在晚上看戏的时候会穿这套衣服，她穿着金光灿灿的衣服在有乐剧场和帝国剧场的走廊中出现时，回头率几乎百分之百。

"她是谁？"

"是演员吗？"

"是混血儿吗？"

我们听到别人在小声议论的时候都感到非常得意，特意在那边徘徊一阵。

这样的服装都能吸引别人诧异的目光，如果穿上那些更加另类的衣服呢？不管她怎么特立独行，也不会将这类奇装异服穿出门的。这些衣服顶多可以放在家中当个摆设，如果穿出门来给别人看的话，就仿佛将美丽的鲜花放到各种花瓶中供人欣赏，那种感觉是一样的。她是我的妻子，也是我最宝贵的宝贝和装饰品，因此不足为奇。在家里的时候，她几乎没有穿过什么正经衣服，她受到美国电影里面女扮男装的衣服的启发做了三套黑丝绒西装，这是最奢侈的居家服。她穿上这套西装，将头发盘起来，头上戴着一顶鸭舌帽，让人感到一种如猫咪一般的风骚味儿。不用说在夏季里了，就算是在冬季里，在生了火炉的温暖的屋子里，她也经常穿着一件宽松的睡袍或者泳衣。说一下她的鞋子吧，光她穿的拖鞋就数不过来了，里面还有很多中式绣花鞋。她好像从来没有穿过袜子，一般都是光着脚丫穿鞋。

六

那个时候，我一边费力讨好她，她可以想做什么就做什么，另外，我并没有放弃让她接受教育，依然希望将她培养成为一个杰出的女性。但是，如果细细品味一下"优秀""杰出"等字眼的话，我自己也搞不清楚，我就是非常单纯地想，也就是"不管走到哪里都会光彩照人的新时代时尚女郎"。如果我能够让她成为一个"杰出"的女性，又能对她百般疼爱，如对待宝贝一样，两者兼得，并不冲突吧？现在想想当时的这个想法真的有点愚蠢，但是当时被爱情冲昏了头脑，所以竟然想不清楚这么简单的道理。

"小娜，玩玩也可以，但是还得好好学习呀。如果你将来有出息的话，我还会给你买更多东西。"我经常对她说这句话。

"嗯，我肯定会好好学的，一定会有出息的！"

如果我这样说她，她肯定会这么回答我。我每天在吃完晚饭之后花三十分钟帮她练习英语会话和阅读，但她总是在这种时候穿上天鹅绒的衣服或者睡衣，靠在椅子背上，脚趾头不停地把拖鞋当玩具耍。虽然我讲得口干舌燥，她依然是一边学习一边玩。

"小娜，你这样可不行啊！学习的时候要坐正。"

我要是这么说她，她就耸一耸肩，撒娇地跟我说："老师，对不起。"那语调就跟小学生似的。有时候，她还会跟我说："河合导师，请原谅。"

我本来以为她会偷偷地观察我的表情，没想到她会戳一下我的脸，于是"河合先生"也就没有勇气再严格要求这么可爱的学生了，于是乎，我的苛责也就导演了一场无法无天的恶作剧了。

我不知道她的音乐到底学得怎么样，她从十五岁开始学英语已经学了两年了，她的英语老师是哈里逊小姐，按理说应该学得不错。从第一册开始阅读已经学到了第二册的一大半了，会话用的教科书是 *English Echo*，用的语法书是神田乃武编写的 *Intermediate Grammar*，基本上等于初三的水平。但是我认为，不管多么夸她，她的英文水平可能还达不到初二的水平。所以，我很难接受这个结果。我想了一下，可能情况还没有这么糟糕，所以就去拜访哈里逊小姐。

"哪里，不是这样的。她很聪明，学习很好。"这位胖乎乎的和蔼可亲的老姑娘笑着对我说。

"她的确是很聪明，但是我觉得她的英语学得并不好。她的阅读还可以吧，只不过英日互译和语法解释方面……"

"不，这就是您的不是了，您的想法不对。"她的表情依然很和善，她打断我的话说，"日本人在学英语的时候都先考虑语法和翻译，实际上这个方法并不好。在学英语的时候，一定先不要想语法问题，先要考虑翻译，反复朗读英语的原文，这才是最好的学习方法。她的发音很准确，朗读也很好，所以一定会很快能够提高的。"

很显然，她的话不无道理。但是，我想我并没有希望娜奥秘系统地学会语法规则，而是她已经学了两年英语了，已经学到了第三册教科书，至少能够知道过去分词的用法、被动句的构成、假设句等语法规则，让她将日语翻译成英语，她完全不会组织句子，甚至连个学习一般的差生的水平都赶不上。就算读得再好，也不一定能够养成实际的英语能力。我不知道老师在这两年内到底教了哪些知识，她又到底学到了哪些知识。老姑娘根本不理会我抱怨和不忿的表情，她很放心地、胸有成竹地一边点头，一边重复道："她很聪明。"

我个人是这么认为的，外国的老师好像偏爱日本的学生。说是偏爱，说得含糊一点的话，是否可以说是先入为主呢？也就是说，他们看到有外国人气质的穿着时髦的少男少女们，就会情不自禁地说他们聪明。那位老姑娘更是这样，她为什么一直在夸她聪明呢，可能从心里早就认为她很聪明了吧，再说了，娜奥秘从小就口齿伶俐，还有一定的音乐天分，哈里逊小姐表扬她发音准确、流利。哈里逊小姐每当听到她发音的时候就觉得她说英语优美动听，我们这些人根本没法比。想必，娜奥秘的声音一定将这位老姑娘迷惑了，所以她才受到这种褒奖。此外，哈里逊小姐在房间里的化妆台的镜子周围放了很多娜奥秘的照片，可见她是多么喜欢娜奥秘啊，这一点很令人吃惊。

我虽然对老姑娘的看法和教育方式很不满意，但是这个外国人这么看重娜奥秘，还夸她聪明伶俐，这让我很开心，就和我自己受到表扬一样情不自禁地开心。不但这样，我，哦，不是，不止我一个人，所有日本人都差不多，本来之前大多数都在外国人面前放不开，都没勇气去表达自己的想法。老姑娘坚持自己的主意，用的是音调非常奇妙的日语，这让我觉得无法将自己的想法表达出来。我认为，既然她这么坚持己见，还不如我自己在家里给娜奥秘补补课呢。我下定决心之后就说：

"对了，您说得有道理，我懂了，我放心了。"

我用有些暧昧又有点尴尬的微笑来敷衍她，没有达到我的目的，我只好悻悻而归。

"让治呀，哈里逊是怎么说的呢？"

当天晚上，娜奥秘问我的时候，口气中有些明知道老姑娘宠爱她的味道，有点傲慢和轻狂。

"她说你学得不错，但是外国人不懂日本学生的想法。如果只是发音好，能够流利地朗读就够了的话，那就非常不对了！你虽然记忆力不错，能够死记硬背，但是如果让你翻译一下，你就不会组织句子了，这样不就相当于是鹦鹉学舌吗？不管怎么学也没啥进步！"

这是我平生第一次义正词严地批评她，她本来以为有老姑娘当后台，还一副得意的表情，耸动了一下鼻翼，好像是在说："你能懂吧。"我生气的不只是她的表情，我更担心的是她就这个表现能被培养成"杰出的女性"吗？先不说她的英语学习情况了，如果她不能理解语法的规则，那么她的智商就令人堪忧了！为什么男孩要在中学学习几何和代数呢？不一定非得实用，而是为了培养缜密的思维。现代的女孩不一定非得有很好的分析能力，但是以后就不一样了。再说了，如果要成为"与外国人相媲美的""杰出的"女性的话，如果没有组织能力和分析能力简直是天方夜谭。

或许我有点冲动了吧，之前给她半个小时来复习，从此之后延长到一个小时或者一个半小时了。我每天都会教她学习将日语翻译成英语还有语法，而且要求她禁止在学习的过程中玩耍，还会训斥她，丝毫没有给她一点面子。她缺乏理解能力，我就故意刁难她。我只会给她一点点儿提示，不会告诉她一些具体的细节，然后引导她进行独立思考。例如：在学习被动句这一语法的时候，我会立刻给她出一道应用题："将它翻译成英语。"我会跟她说："如果你能理解刚才读的内容的意思就一定能翻译出来。"

　　我默默地耐心地等她的答案，她如果做错了，我也不会明确告诉她哪里出错了，我只是反复让她重新做。"你这是在搞什么啊，你看看你。这点内容都理解不了，看明白语法之后再做吧！"她还是无法做出来，我只能大声训斥她："小娜啊，你连这么容易的题都做不出来，今年几岁了啊？为什么要在同一个错误的地方多次修改，还是不能理解，脑子是干什么吃的？哈里逊总是夸你聪明，我看你一点都不聪明，这种内容都不会做，就算去上学也是个学渣！"

　　娜奥秘紧绷着脸，一副气呼呼的样子，最终会经常抽泣。

　　我们俩平常关系非常亲密，有说有笑的，从未红过脸，想必我们是世界上最和睦的情侣了。但是，当学习英语的时候，我们俩都觉得气氛太凝重了，心情比较郁闷，感觉周围的空气都有点让人窒息。我几乎天天发脾气，她也老是给我摆着一张臭脸。刚刚还是在嘻嘻哈哈的呢，突然两个人之间的气氛就有点紧张了，我们看对方的眼神都几乎充满敌意。实际上，我已经在这时候忘了我希望将她培养成杰出女性的初心了，我会对她的愚笨感到很失望，从内心深处有种恨铁不成钢的感觉。如果她是个男孩子的话，我肯定会狠狠地给她一巴掌来解解气，或者张口骂她是个"浑蛋"。有一次，我甚至被她气得要用拳头打她的额头。如此一折腾，她就会闹别扭，不管是会的还是不会的都闭口不答，默默地抽泣，一声不吭，就像块顽石那样。她要是这么倔强的话，别人会很吃惊的，她不愿意服软，我最终还是拗不过她，草草了事。

　　之前还有一件事情。我之前就多次教过她，在遇到"doing"或者"going"这种词的时候，需要加上"存在"动词——"to be"，但是她还是不明白，截至现在还是会说"I going……""He making……"等错的句子。我非常生气，接连骂她好几个"笨蛋"，同时又不厌其烦地给她详细解释，还让她将"going"变成过去、将来和将来完成以及过去完成时。她仍然掌握不了重点，这让我太吃惊了，她竟然能够写成"He will going""I had going"，我顿时感觉气不打一处来，用铅笔敲着桌子张口就骂：

"傻子！你看看谁还比你更笨啊，跟你说多少回了？坚决不能说'will going''have going'之类的，你怎么就是不懂呢！那你还是直到搞明白为止吧，今天晚上做个通宵，不然我绝对不会善罢甘休的！"

我将练习本推到她的跟前，她的牙齿死死地咬着嘴巴，铁青着脸，用两只眼睛恶狠狠地盯着我，她突然将练习本一把抓在手里，将其哧啦哧啦地撕碎了，然后将其狠狠地摔在地上。后来，她再次用两只愤怒的眼睛紧紧地盯着我，好像就要将我的脸掏个窟窿。

"你怎么了？"

我突然被她这般阵势惊呆了，这阵势就像是猛兽一样，我惊呆了。好久之后我才反应过来，我问她："你想造反吗？你以为学习的时候可以为所欲为？你跟我说过你要好好学习，将来做杰出的女性，你不能说话不算数吧？你将练习本撕掉算是怎么着？你必须跟我道歉，不然我肯定不会原谅你的，要不然你今天就滚出我家里！"

但是，她依然那么倔强，不吭声，铁青着脸，竟然从嘴角边露出像哭泣似的浅笑。

"行，既然你不肯道歉，那么现在就滚出我家吧！我让你滚！"

我认为我不吓唬吓唬她就镇不住她了，所以猛地起来，将她乱扔的两三件换洗的衣服揉成一团，然后迅速用包袱皮将其裹住，从二楼的屋里拿来钱包，从里面拿出两张十元的钱，然后将这些东西塞到她手里，同时说：

"行，小娜，你换洗的衣服都在这里面了，今晚上你就回你浅草的娘家去吧！这里有二十元，少是少了点，当作你这几天的零花钱吧。几天之后我们再谈谈吧，做个了结。我明天将你的其他行李送过去。哎？娜娜，你怎么了？为啥不说话……"

她听到我的训斥之后好像从心里并不服气，但是她毕竟还小，我很少对她发脾气，今天见我发脾气之后，她还是有点害怕的。她耷拉着脑袋，好像有点后悔了，内心有点不安。

"你还真够牛的，只是，我都把话说到这个份上了，我不会善罢甘休的。如果你觉得自己不对就给我道歉，不愿意道歉的话就回娘家吧。……你怎么决定呢？还是尽快拿主意吧。到底是道歉呢还是回娘家呢？"

她摇了摇头，不愿意回娘家。

"你不愿意回娘家吗？"

她点了点头，表示赞同。

"那就道歉吧？"

"嗯。"她再次点了点头。

"那我就饶了你这回。只是，你要正式低头道歉。"

因此，她一副极不情愿又无可奈何的样子，将手撑在桌子上面，很不情愿地歪着头，点了点头，有点敷衍了事的样子，还有点不屑一顾的表情。

不知道她是不是天生就这么桀骜不驯、任意妄为，还是因为我太宠她了？不管怎么说，过了一段时间之后，她更加日益娇惯了。不，实际上也不是现在才这样的，或许在她十五六岁的时候就这样了，只是那时候我觉得她还小，比较可爱，所以没有注意到这一点吧，她长大之后就更加不可理喻了，逐渐让我非常纠结。之前她在撒娇胡闹的时候，我就会义正词严地教训她，她很快就会乖乖地听话了。但是最近，只要有一点不如意，她就会甩脸子。如果她泪流满面的话，我可能还会觉得有点可怜她，但是不管我怎么骂她，她都一滴泪都没掉，装愣卖傻的样子让人生气，她将那双锐利的眼睛翻起来，呆呆地盯着我。我一直认为，如果说动物真能放电的话呢，她的眼睛中的电流一定是最大的，她的眼神有点咄咄逼人的样子，又炯炯有神的，充满无限魅力，根本不像是一个女人的眼睛。如果被她盯一会儿，一定会感到毛骨悚然。

七

那段时间，我一直处在失望和爱慕的纠结当中无法自拔。我看走了眼，感觉她并不是自己想象的那么聪明。不管我怎么高估她，也无法否认这一点。我想我所期待的有一天她能够成为杰出的女性这个愿望已经破灭了。毕竟，出身卑微的人很难改造，千束町出身的姑娘也就是配当个咖啡馆的女服务员，不能因材施教会以失败而告终。我彻底感到绝望和失落。但是，这个时候，我又被她的肉体所逐渐吸引。对了，我专门用"肉体"一词来表达是因为她的肌肤、牙齿、嘴唇、头发以及眼睛和其他仪态都特别美妙，但是缺乏精神层面的东西。换句话说，她的智商让我担忧，但是她的肉体却让我日渐着迷。不，甚至她的美超出了我当初的期待。每当我认为她是"傻女人""没出息"的时候，我就更加被她的美貌所吸引，无法自拔。对我来说，这是一件不幸之事。我逐渐忘记了将其培养成优秀女性的初衷，而转到一个截然不同的方向。当我意识到这样下去不是办法的时候，我已经无法自拔了。

"世上没有十全十美的事情。我想同时在精神和肉体上都将其培养成为美人，现如今已经无法从精神层面培养她了，但是在肉体方面却另有所获。我之前没有想过她的肉体能够这么妖娆，现在看的话，我的收获已经超过了失去，而且已经远远超过了。"

我勉强地安慰我自己，让我心情好点。

"我最近学英语的时候，让治不骂我是笨蛋了吗？"

她很快就察觉出我心理的变化了。她在学习方面不算聪明，但是察言观色的本领倒是不小。

"是啊，说太多了，让你产生逆反心理了，没什么效果，所以我改策略了。"

"哼。"她冷笑了一声，"还不是吗，你天天骂我傻瓜、笨蛋的，我偏不想听你的。说句老实话，我基本上知道这些问题，我就是故意装作不懂来气你的。难道让治你没有看出来吗？"

"是吗，当真如此吗？"

我明明知道她在逞能嘴硬罢了，却故意做出一副很吃惊的样子。

"还用说啊？我怎么可能不会做那种题目呢！让治却相信了，所以说你才是笨蛋呢。我每次在你发脾气的时候都感觉到很好笑，太好笑了！"

"好啊你，竟然敢骗我！"

"怎么样，我比你聪明吧？"

"嗯，是聪明，甘拜下风。"

因此，她捧腹大笑，更加肆无忌惮了。

各位读者，我在这里要冒昧地跟大家讲一个奇妙的段子，别笑话我哦。我上初中的时候，历史老师给我们讲过安东尼和克娄巴特拉女王的故事。据大家所知，安东尼与奥古斯都的水军在尼罗河上面交战，克娄巴特拉是跟随安东尼前来的，她看大事不妙，出其不意地在半路上将船掉头逃跑了。此时此刻，安东尼看到这绝情的女王竟然不顾自己的死活一个人逃跑，于是他也就停止交战，马上追上女王一起逃跑了……

"同学们，"当时，历史老师跟我们说，"这个叫安东尼的男人，由于跟随女人，最后搭上了性命。历史上再也没有比他更愚蠢的人了，他是千古难得的笑话。哎呀，一代英雄豪杰竟然落得如此田地，真让人失望……"

老师讲课讲得很幽默，同学们看着他的脸都笑了，我也笑了。

但是，最重要的是，我当时百思不得其解，为什么安东尼会被那个绝情的女人迷得神魂颠倒的呢？还不只是安东尼，不久之前还有一代豪杰尤利乌斯·恺撒也被克娄巴特拉害惨了，丢人丢到家了。这种例子不胜枚举。只要对德川时代诸侯的家庭内部战争和一个国家的兴衰史进行探究，就能查看出这背后一定有心狠手辣的女人的阴谋和全套。这些鬼把戏看上去非常阴险恶毒，是经过精心策划的，好像没有任何破绽，一旦落入圈套，可能就会全军覆没，但是也不一定。就算克娄巴特拉再阴险狡诈，她也不会比恺撒和安东尼聪明多少。就算不是什么英雄，只要保持一份警惕之心，还是能够看得出来她到底是真心还是虚情假意，她的话到底是真的还是假的。但是，明知道自己可能会被谋害，还是毅然决然地去上当受骗，简直是窝囊得无药可救了。我想如果事情真是这样的话，那他就是徒有英雄的虚名。历史老师说马克·安东尼"是千古难得的笑话""历史上再也没有比他更愚蠢的人了"，我完全赞同这样的评价。

我至今依然记得老师当时讲的内容和同学们哄堂大笑的情景，而每当想起这些的时候，我都深深感受到，自己已经没有资格再笑话别人了。因为我不但明白罗马时代的大英雄是如何变傻的，懂得安东尼是如何轻易落入毒妇的圈套的，我还会禁不住同情他。

经常能听到"女人把男人骗了"的说法，但是据我了解，女人们一开始肯定不会"骗人"的，是男人们喜欢主动"被骗"，一旦喜欢上一个女人，不管她说的话是否真实，男人听了之后就会觉得可爱。有时候，一个女人泪眼婆娑地靠近一个男人的时候，男人就会想："哈哈，她想借此骗我啊，简直太可笑了，太可爱了。我非常懂你，所以我就装作被你骗了吧，满足你的愿望……"

男人想着就当哄孩子吧，开心地让女人骗，男人并没有认为自己被骗了，而是暗自高兴，认为自己骗了女人。

我与娜奥秘的关系就是个例子。

"我比让治聪明。"娜奥秘说。她认为她成功地骗了我，但是我在装愣卖傻，装出一副被骗了却不知道的样子。对我来说，其实要是戳穿她的小伎俩还不如让她得意好。我看到她暗自惊喜的样子就很开心，甚至可以说满足了自己的良心。其实，就算娜奥秘不聪明，能让她感觉自己很聪明其实也不错。跟西方女人相比，日本女人总是显得畏缩。衡量现代的美女的标准，才华横溢和落落大方，比仪态美丽更重要。就算不说自信，至少得有点自命不凡的感觉，觉得"自己聪明"和认为"自己很美"，或许真的能变美。出于这方面的考虑，我不但没有让她改掉自己爱要小聪明的毛病，反而鼓励她怂恿她。我平日里经常心甘情愿地被骗，好让她自信心满满。

举个例子。那个时候，我常与她下军旗和打扑克。如果玩真的，我肯定会赢，但是我尽量让她赢，所以她渐渐地觉得"她很厉害"。

"来，让治，接下来你肯定会输。"

她对我不屑一顾，向我发起挑战。

"哼，来就来，我一定要复仇。实际上，只要我认真点，怎么会让你赢呢？我觉得你还小，所以才马失前蹄……"

"好了，我输了之后你再吹。"

"来吧！这次一定要你输。"

　　我虽然这么说，但是在真正下棋的时候还是故意地走几步臭棋，最后我还是输了。

　　"让治，你看吧？你不觉得输给一个小孩丢人吗？你已经不行了，拿什么跟我比啊！好啊，一个三十一岁的大男人竟然输给十八岁的姑娘，这说明根本不懂怎么下棋。"

　　她竟然来劲了，还说什么"智力超过年龄""自己太笨了，生气也是活该"，和往常一样从鼻子里发出"哼"的一声，心高气傲地冷笑着。

　　但是，可怕的却是后果。刚开始的时候，我让着她是想哄她开心，至少我自己是这么想的。但是，她竟然逐渐养成习惯了，她竟然真的充满了自信，不管我怎么努力都没有办法赢过她。

　　人们的比较并不只是凭借智商，有时候还依赖"气势"，也就是说"动物电"。赌博更是这样，她和我在进行终极对抗的时候，刚开始就根本不把竞争对手放在眼里，气势汹汹地对我发起了进攻，我则被她的气势所压倒了，所以心里有点紧张，因此处在了劣势。

　　"光玩这个没有意思，还是玩点带钱的吧，多少都行？"

　　娜奥秘最终尝到了甜头，不玩钱不答应，越赌越赢，我竟然逢赌必输。她身上一点钱都没有，但是却能够随意拿一角、两角的钱来下注，随心所欲地挣零花钱。

　　"哎呀，如果有三十元钱的话我就能买那件衣服了。……再玩一局牌吧。"

　　她主动向我挑战。她有时候也会输，但是输了之后肯定又想别的门道。如果非要花那笔钱，她肯定想尽一切办法，不达目的誓不罢休。

　　她随时都会使她的"伎俩"。如果赢了的话，她总是会穿着宽松的睡衣，然后故意将其弄成松松垮垮、衣衫不整的样子；一旦她处于劣势的话，她就会露出一副淫荡轻浮的表情，敞开领子，伸出大腿，如果还没有效果的话，就会凑到我的身边，抚摸我的脸颊或者是捏住我的嘴角扯，尽可能用尽所有诱惑的招数。实际上，我还真的有点害怕她的这些伎俩，特别害怕她的撒手锏——不方便在这里说了。一旦她使出她的撒手锏，我就开始头昏脑涨的，眼前一片漆黑，根本顾不上什么胜负输赢了。

"小娜呀，你太狡猾了，竟然使出这种招数……"

"什么狡猾啊，这也是招数啊。"

我开始慢慢失去意识，只听到她传来娇喘的声音，我的眼前隐隐约约出现她娇媚的面容，她露出奇妙的笑脸……

"小鬼，小鬼，哪有用这种招数打扑克的……"

"哼，谁说没有的。男人和女人之间的对决，什么怪招不用啊？我在别的地方见过，小时候我在旁边看到姐姐和男人在家里玩花牌，什么方法都用过了，打扑克的时候和玩花牌不是一样的吗？……"

我恍然大悟：安东尼之所以被克娄巴特拉征服，那是因为他是这样慢慢失去抵抗力的，任由其肆意摆布的。让自己心爱的女人充满自信这是好事，但是自己最终却失去了自信。结果就是你就再也没有了战胜女人的优越感，可能还会因此招惹意料之外的祸端。

八

　　娜奥秘十八岁那年的秋天，当时还是秋老虎肆虐的时候，九月上旬的一天傍晚，公司里没有事，我提前一个小时回到大森的家中。但是让我吃惊的是，我在进门之后，在庭院里看到了一位陌生的少年正在和娜奥秘聊天呢。

　　那个人的年龄和娜奥秘差不多，顶多十九岁。他穿着白底水花纹的单衣，戴着一顶美国人喜欢的麦秸草帽，上面系了一条鲜艳的缎带。他一边说着一边用手杖敲击自己的木屐前面的地面。他的脸有点红，眉毛很浓，五官端正，脸上很多粉刺。娜奥秘蹲在他的脚下，当时她在花坛的背阴处，我看不清她的表情，只能从百日草、夹竹桃和美人蕉盛开的花丛中模模糊糊地看到她的侧脸和头发。

　　那个男孩看到我回来之后，就摘下帽子点了点头，然后朝着娜奥秘的方向说了声"我走了"，然后就大踏步地朝门口走来了。

　　"再见！"娜奥秘站起来了。那个男孩头也没有回，说了声"再见"，经过我的面前，他将手放在帽檐上，好像是故意将自己的脸挡住似的。

　　"他是谁？"

　　刚才我看到的场景太不可思议了，如果说是嫉妒，倒不如说是好奇。

"他啊，是我的朋友，叫浜田……"

"你们什么时候认识的？"

"认识很久啦——他之前也在伊皿子那边学声乐。他虽然脸上长满了粉刺，看上去脏不啦唧的，但是他唱起歌来很好听，很棒的男中音。我们还在前段时间的音乐会上一起表演过四重奏呢。"

她本来没有必要嘲笑别人的脸上长满粉刺，她这么一说，我倒是开始怀疑了，所以我就盯着她的眼睛仔细观察。她若无其事的样子，和平时并没有什么区别。

"他经常来找你吗？"

"没有，他今天是第一次来。他说在附近办事，所以顺路过来的。他说要组建一个交谊舞俱乐部，一定要我参加。"

我虽然有点不高兴，但是听了她的解释之后，也认为那个青年没啥别的目的，就是奔着这个事来的。重要的是，我快下班了，他们两个在院子里说话，这打消了我的疑虑。

"你答应去跳舞了吗？"

"我跟他说我考虑一下……"她突然娇声娇气地跟我说，"我可以去吗？还是答应我去吧。让治也可以加入俱乐部，咱们一起去好吧？"

"我也能去吗？"

"哎，谁都可以的。伊皿子的杉崎老师认识的俄国老师任教。听说，那个老师从西伯利亚逃出来的，没有钱，比较困难，组建这个俱乐部也是为了接济他。所以，学生越多越好。你让我去吧。"

"你去可以。我能学会吗？"

"肯定的，很好学。"

"可是我五音不全啊。"

"音乐嘛，学学就懂的。……对了，让治应该去学，我一个人不能跳，你去了的话，咱俩可以经常一起去跳舞。我每天都待在家里，非常郁闷。"

我开始隐约觉得她最近已经厌倦了过这种生活了。想想，我们到大森组建家庭之后已经四年了。这段时间，除了夏天的假期之外，我们基本都是待在这一隅"童话新居"里，与外界的纷纷攘攘断绝了关系，都是两个人面对面地在一起，就算玩得多么别出心裁，终有一日也会感觉乏味的。再说了，她本来就三分钟热度，不管做什么游戏，刚开始玩得很开心，但是玩不了多久就腻了。而且，如果没有什么游戏玩的时候，她都能折腾一个小时不罢休。打扑克、下军棋玩够了，也对模仿电影演员不感兴趣了，就会到荒废一段时间的花园里去摆弄一下花草，用力翻地，撒点种子，浇浇水，施点肥。她做这些无非就是打发寂寞光阴罢了。

"哎呀，太郁闷了，有什么有趣的事情吗？"

她在沙发上躺着，将刚读了个开头的小说扔到一边去了，然后挺起胸脯打了个哈欠。我看着她那个样子心里想能不能改变一下这种乏味的二人世界。她正好在这时候提出去学跳舞，这也算是个好主意。她已经不再是三年前的那个她了，没法跟她去镰仓游泳的时候相比了，如果让她穿光鲜亮丽的衣服，让她在社交圈里露个脸，肯定会在很多女人面前出类拔萃的。我想到这里的时候情不自禁地产生了一种骄傲感。

就像前文所说的，我上学的时候没有很要好的朋友，到现在为止又尽可能地避免无意义的社交，我喜欢过安静的生活，但是并不表示我讨厌社交。我在农村出生，口才不太好，心直口快的，但是我不会耍小心眼，所以我不太喜欢主动跟人交往，也正是因为这个原因，我更想体验一下高贵典雅的社交生活。我娶娜奥秘当老婆就是希望将她打扮成妖娆多姿的夫人，带着她每天出入各种场所，让其他人羡慕，让他们说"尊夫人真好看，非常时尚"等夸奖的话。心里一直有这种想法，所以不想金屋藏娇。

听娜奥秘说，那个俄国的舞蹈老师是一位伯爵夫人，名字叫阿列克桑德拉·舒烈姆斯卡娅。她的伯爵老公在革命当中失踪了，两个孩子至今不知下落，她历经艰难才逃到了日本，几乎身无分文，现在开始教舞蹈。娜奥秘的音乐老师杉崎春枝女士帮她组建了一个俱乐部，浜田是庆应义塾大学的一名学生，也是这个俱乐部的干事。

他们在三田圣阪吉村西洋乐器商店的二楼练习舞蹈，俄国夫人每个星期一和星期五上两次课，学员在下午四点到七点这段时间按照自己的时间安排来听课，每次学习一个小时，每个人每个月的学费是二十元，学费需要每个月提前支付。我和娜奥秘两个人去学的话，每个月的学费就要四十元，就算是外国的老师，这个学费也算是很贵了。娜奥秘说学习交谊舞就像是学习日本舞蹈，是比较奢侈的，这点学费不算啥；再说了，聪明点的人学习舞蹈的话一个月就学得差不多了，笨点的三个月也能学会，所以也不算多贵。

"最重要的就是能够帮助那位舒烈姆斯卡娅夫人，她非常可怜，她曾经是伯爵夫人，如今竟然沦落到这个境地，实在是让人同情。浜田告诉我，她舞跳得很好。她不只会跳交谊舞，如果有人愿意学的话，她还会教舞台的正规舞蹈。日本专门跳舞的艺人们跳得不好，很差劲，最好还是能够跟着夫人学跳舞。"

她和那位夫人素昧平生，但是却老向着她说话，不断为她做宣传，简直是精通交谊舞的行家里手。

我和娜奥秘就这样打算一起加入，等她学完音乐课，每个周一和周五，我会在下班之后直接在六点之前到达圣阪的乐器商店。第一次是在下午五点，娜奥秘在田町车站等我，然后我们两个人一起去乐器商店。那个商店在一个坡道的半坡上面，店门有点狭窄。走到店里一看，这个狭小的店面里面摆满了钢琴、风琴和留声机等乐器。看来，二楼上已经开始舞蹈练习了，嘈杂的脚步声和留声机播放的伴舞音乐声从上面传来。走到上楼的楼梯口，有五六个庆应大学的学生在叽叽喳喳地聊天，他们盯着我和娜奥秘看，让我们很尴尬。

"娜奥秘小姐！"

此时，有个人大声喊她，好像跟她很熟悉的样子。看了一下，原来是那伙同学中的一个人，那个人在腋下夹了一个扁平乐器，看上去跟日本月琴似的，这个乐器应该称为曼陀林，合着舞曲的节奏在叮叮咚咚地拨响琴弦。

"你好！"娜奥秘用学生腔回应他，声音里一点儿女人味都没有，"怎么了？阿雄，不学跳舞吗？"

"我不学。"名叫阿雄的这个男生笑嘻嘻地将曼陀林放到了货架上说，"我还是不学那种舞蹈了吧。每个月的学费要二十元，就跟抢钱一样。"

"不过，作为一个初学者的话，这点学费是应该的。"

"说什么呢，过段时间之后大家就都学会了，到时候找几个人来教我们。跳舞这件事，学学就会了，怎么样，我聪明吧？"

"阿雄太狡猾了，太聪明了。哎，阿浜在上面吗？"

"嗯，在。你去看看吧。"

看来，这家乐器店周围都是学生，娜奥秘也经常来这里，所以商店的店员也都认识她。

"小娜啊，这帮学生是做什么的？"

她领着我上楼，我问道。

"他们都是庆应大学曼陀林俱乐部的成员，说话很粗，但是心眼不坏。"

"都是你的朋友吗？"

"也不算朋友，只是我来这里买东西的时候，就跟他们认识了。"

"学舞蹈的学生中多数都是这种人吗？"

"我不太清楚。……不会吧，想必大多数人比这些学生的年龄要大……上去看看就知道了。"

到了二楼之后，舞池就在走道的边上，眼前是五六个人在合着"一、二、三"的拍子在练习舞蹈。两间日式房间，中间打通了，铺着木地板，方便穿着鞋进去。那个叫浜田的男生在屋里匆忙地跑来跑去的，他正在往地上撒细滑石粉，想必是要让地面更光滑一些。现在的季节还是昼长夜短，天气比较炎热，夕阳的光辉从西边的窗户中洒进来，非常耀眼。一位女士身着白色乔其纱上衣和藏青色哗叽裙，她站在两个房间的连接处，淡红色的晚霞洒到她的背部，她肯定就是舒烈姆斯卡娅夫人。乍一看，她顶多三十岁，但是根据她已经有两个孩子来算一下的话，她实际上应该有三十五六岁了。她表情庄重有点严肃，有一丝贵族的威严。这种威严源自她非常苍白脸色。但是，根据她严肃的表情和优雅潇洒的服饰以及胸前手指上闪烁的宝石，无论如何也看不出来她目前很穷很落魄的样子。

夫人一只手拿着教鞭，皱着眉头，有点不开心地盯着学员们的脚步，"一、二、三"，俄国人讲英语时的发音，会把"three"说成"tree"，她的语气比较平和，但是却不乏威严，她反复数着拍子。学员们站成一排，听着她的口令，踩着错误的舞步来回走，

痴 人 之 爱
ちじんのあい

就像是女军官在那里操练士兵一般，让我想起来曾经在浅草金龙馆看到过的叫《女兵出征》的电影。这些学员当中有三位年轻的男子，他们穿着西装，看上去不像是学生，另外还有两位看上去像是刚出校门的大家闺秀，她们穿着和服裙裤，比较朴素，她们和男士们一起认真练习，举止端庄，让人印象比较好。

夫人看到有人踩错了步子，会大声尖叫"No！"，然后走到跟前亲自示范，如果有人学不会，不断出错的话，她就大声嚷嚷"No good！"，用教鞭抽打地板，或者干脆抽那个学员的脚，根本不考虑是男学员还是女学员。

"她很认真地在教课，需要非常严格。"

"是啊，舒烈姆斯卡娅老师非常认真，日本的老师不会这样的。西方人，就算妇女做起事情来也是一丝不苟，让人非常敬佩。她这样教课，每次就是一两个小时，中间不休息，她就这样坚持着。天气很炎热，实属不易。我想给她买根冰激凌，她说上课的时候不能吃东西，果断拒绝了我。"

"她这样不累吗？还能坚持得住。"

"西方人和我们不一样，他们身体素质好。……但是，想起来的话也很可怜。她原来是伯爵夫人，生活自由自在的，但是因为发生了革命，所以才迫于生计开始教课……"

我们俩在隔壁休息室的沙发上坐着，一边欣赏舞池中的练习，一边听那两个敬佩老师的人在聊天。其中一个女孩看上去大概在二十五六岁，她的嘴巴很大，嘴唇很薄，脸蛋圆圆的，有一双金鱼水泡眼，从额头到头顶的头发高高地隆起来，就好像是刺猬撅起的屁股一样。她的鬓角处插着一根很大的白色玳瑁发簪，翡翠的带扣别在埃及花纹的盐濑横棱纺绸的宽幅腰带上。她深深地同情舒烈姆斯卡娅夫人，经常夸她。另一位女士则在她身边附和着，因为身上出汗了，她的脸上涂的一层厚厚的白粉有点支离破碎的样子，露出来粗糙的皮肤，上面布满了很多细纹，大概有四十岁了。不知道她那头乱蓬蓬的红色卷发是天生的还是烫的，她的身材修长，比较瘦，虽然穿得比较鲜艳，但是看上去好像之前是个护士。

所有人，包括这两个妇人在内，都在恭候轮到自己进场的时间，有些人可能已经学过一些基础的舞步了，他们挽着彼此的胳膊在角落里练习。浜田干事不知道是不是受夫人的委托，还是自愿的，他有时候陪着女士们跳舞，有时候更换留声机的唱片，忙东忙西的，非常活跃。先不说女士们了，来这里学舞蹈的男士们处在哪个社会阶层呢？我看了一下，吃惊地发现只有浜田的装扮比较时髦，其他人都很土，身着藏青色的西服三件套，想必工资也不高吧，而且大多数都比较木讷。他们比我年龄小，只有一位三十多岁的绅士。他穿了一身晨礼服，戴着一副金丝边框的厚眼镜，奇怪的八字胡都过时了。他学得最不好了，夫人多次朝他大吼"No good!"，拿鞭子猛抽他。他每次都笑吟吟的，跟个傻子似的，重新按着节拍"一、二、三"开始跳。

为什么这种上了年纪的男人还来学跳舞呢？不，实际上自己不也跟他们一样吗？稍微不同的是，我是没见过什么大世面的人，再说我也是陪着娜奥秘来的，想到如果我做不好，也会在大庭广众之下遭到训斥，看到眼前的场景，不由得冒了一身冷汗，害怕轮到自己。

"您好，欢迎，欢迎！"

浜田连续跳了两三首舞曲，他用手绢擦着长满粉刺的额头，一边向我们走来："哦，上次失礼了。"

他今天的表情特别得意，又跟我打了招呼，然后又转向娜奥秘说："难得你们在这种大热天前来……带扇子了吗？给我用一下吧，我这打杂的活儿太累了。"

娜奥秘将腰间的扇子拿给他。"不过，阿浜跳舞很好啊，有机会当助理。你什么时候开始学的呢？"

"我已经学了半年了。不过你聪明，很快就会学会的。交谊舞中男子是主角，女士只要跟着男子转就可以了。"

"来这里学跳舞的男人都是干什么的？"我问。

"你说他们吗？"浜田礼貌地回答，"他们大都是东洋石油株式会社的职员。杉崎老师的亲戚是这个公司的董事，听说是他介绍的。"

东洋石油公司的职员来跳交谊舞——太奇妙了！

我又问："这么说来，那边那位留着胡子的绅士也是这个公司的职员吗？"

"不，他不是，他是医生。"

"医生啊？"

"是，他在公司里当健康顾问。他觉得跳舞是很好的健身运动，所以专门来的。"

"真的啊？阿浜。"娜奥秘插嘴问，"跳舞真的能够健身吗？"

"哎，当然了。就算在冬天跳舞也会流汗的，衬衣都是湿的，跳舞是一项很好的健身运动。再说了，舒烈姆斯卡娅给指导，肯定会练得很带劲。"

"那位夫人会说日语吗？"

我之前就不放心这个问题。

"不，基本上听不懂日语，平时都说英语。"

"英语吗……说英语的话，我说不好……"

"别那么说，大家水平都差不多。舒烈姆斯卡娅夫人的英语水平也很差，比我们还差，别担心。再说了，学习跳舞根本不用说话，只要跟着'一、二、三'的节拍走就行,其他的动作就靠领悟了……"

"嗨,娜奥秘小姐,什么时候来的?"

那位头上插着白色玳瑁簪子的金鱼水泡眼的女人在喊她。

"啊!老师!……她就是杉崎老师。"娜奥秘说着,拉着我朝女士所在的沙发那边走过去。

"老师,我给您介绍一下,这就是让治……"

"啊,是吗……"娜奥秘羞红了脸,杉崎女士不必追问,就心领神会了。她站起来,点点头跟我打了招呼。"第一次见面,我是杉崎,欢迎光临。……娜奥秘小姐,去搬那把椅子来。"

然后,她又转过来跟我说:"请坐一会儿。马上就会轮到您了,但是让您一直等着,很累。"

"……"

我已经忘了当时说的什么了,只记得寒暄了几句。这帮能够抑扬顿挫地说"我"的女人对我来说太难缠了,我不知道怎么向杉崎女士解释我和娜奥秘的关系,也不知道娜奥秘到底跟这位女士暗示了多少,是我大意了,我忘了跟她问这些。所以我心里更发毛了。

"我来给您介绍一下。"杉崎女士并没有在意我的手足无措的样子,她指着卷发的那位妇人说,"这是横滨的詹姆斯·布朗先生的妇人。……这位是大井町电器公司的河合让治先生……"

原来是这样啊,她是外国人的老婆。这么说来,她比护士更像是洋人的小老婆那样的女人。我更加拘谨地行了个礼。

"抱歉,您第一次来学跳舞吗?"

卷发女人立刻拉着我开始聊天,她故意用英语说"第一次"的时候语速很快,"嗯?"我听不清楚,张着嘴巴很吃惊。

"是第一次。"杉崎在旁边替我回答这个问题。

"这样啊。只是，怎么说呢，男士比女士学起来要更难一些，更，更……但是只要开始学，总会马上……怎么说呢……"

我又听不懂她的英文发音了，她的"更，更……"，仔细听一下原来说的是"more……more"，她还将"gentleman"说成了"gentman"，说话的时候总是夹杂着这种发音的英语。她说日语的重音的时候声调也非常奇怪，三句话中总会有一句"怎么说呢"，她说起来喋喋不休，没有要停止的意思。

她接下来又聊起了舒烈姆斯卡娅、交谊舞、语言学、声乐等话题，还聊到了贝多芬的奏鸣曲、第三交响曲、哪家公司的唱片比哪家公司的好或者坏等。我无聊地静静地听着，接下来，她又转到杉崎夫人那边侃侃而谈了。根据这两人的谈话可以看出，这个布朗夫人是杉崎女士的钢琴学生。在这种场合，我没有"先告辞"这种适可而止、适时而退的本领，在两个女人之间，只好静静地听她们在讲话，我只感觉自己有点倒霉。

过了一会儿，胡子医生和石油公司的那帮人学完之后，杉崎女士将我和娜奥秘领到舒烈姆斯卡娅夫人面前，她用流利的英语按照西方的惯例，先介绍了娜奥秘，然后又介绍了我，当时，她称呼娜奥秘为"河合小姐"。我心里很好奇娜奥秘怎么对待洋人呢，然而，她平常有点傲，这个时候在俄国夫人面前竟然有些拘谨。夫人说了一两句，她严肃的眼角露出了笑容，将手伸了出来，娜奥秘满脸通红，默不作声，有点打怵地跟夫人握了握手。该我的时候，我更加拘束，说实话，我根本不敢看夫人那灰白色的轮廓清晰的脸庞。我默默低下头，轻轻握了一下她的手，只看到她手上的钻戒上有数不清的小钻石正闪耀着光芒。

九

　　我想大家已经知道了，我是个乡下人，虽然有点土，但是却喜欢追求时尚，一直在模仿西方的大小事物。如果我有很多钱的话，我可以想干啥就干啥，也许我会去西方国家生活，然后娶个西方国家的女人当老婆。但是，我的实力不允许啊，所以我只能从日本女人中找个长得有点像洋人的，也就是娜奥秘当老婆。另外，就算我很有钱的话，我也缺乏男子汉的气派。我的个头很小，只有五尺二寸那么高，肤色有点黑，牙齿也不整齐。如果我娶个个头高大的西方人当老婆的话，我想我是癞蛤蟆想吃天鹅肉了。日本人还是找个日本的媳妇，像娜奥秘这样的就再适合不过了，想到这里，我也就欣慰了。

　　虽然这么说，如果能让我接近白人妇女，那对我来说简直是太开心、太骄傲的事情了。说实话，我有点讨厌自己的不擅交际，我口才不好，还以为这辈子都没有机会接触外国女性了呢。我偶尔会去看一下外国女人演的歌剧和电影，熟悉演员们的长相，心里一直憧憬着她们美丽的外表，跟做梦一般。没承想来这里学跳舞竟然有机会可以接近外国女性，更何况接触的还是个伯爵夫人。先别说哈里逊那样的老太婆了，我第一次有幸能够与西方女人握手。当舒烈姆斯卡娅伸出她那双"白皙的玉手"时，我心怦怦地跳，拿不定主意要不要跟她握手。

　　娜奥秘的手也是很柔美、很有光泽的，而且她的手指细长，很是优雅。但是我印象中的夫人的"玉手"没有娜奥秘的纤纤细手那般娇嫩，她的手掌比较丰满厚实，手指也很细很长，但是并没有柔软单薄的感觉，她的手比较胖，但是也比较美。她戴的戒指如眼球一般大，光彩夺目，如果日本人戴这种东西一定会让别人烦，但是夫人戴着就显得亮丽娇柔，增加了一份奢华和高雅的情调。此外，与娜奥秘最大的区别就是，她肤色比较白，她的青紫色的血管透过雪白的皮肤就好像是大理石上的花纹，非常清晰。我之前一直喜欢把玩娜奥秘的纤纤玉手，经常夸她："你的手真好看，就好像洋人那么白净。"现在来看的话，两个人的手一比较，感觉还是有点差距的，这让人很遗憾。此外，我还被夫人的指甲吸引了，她的双手的指甲就好像放在一起的贝壳那样，发出樱红色的光泽，比较闪亮。此外，她的指甲尖上被剪成了很尖的三角形，可能西方流行这样的造型吧。

　　前文已经讲过，我和娜奥秘站在一起的时候，她比我矮一寸，夫人的个子在西方人中不算高大，但还是比我高，或许她穿了一双高跟鞋的原因吧，我和她一起跳舞的时候，我的头正好够到她袒露的胸部。

　　夫人将手臂绕到我的后背上，然后说了一句"walk with me！（跟我一起走！）"，然后开始教我学习跳舞。我小心翼翼地尽量别让自己黢黑的脸碰到她的身体。她的皮肤细腻光滑，对我来说，远处看看就欣慰了，我都不好意思跟她握手，别说让她拥着靠在只有一件柔软的单衣的胸前了，我感到很尴尬，好像是触犯了什么禁忌，很尴尬。我害怕自己有口气，也害怕自己汗津津的油乎乎的双手让她感到不高兴，就算她有时候掉下一根头发，也让我哆嗦一下。

不只这些，她的身上还有一股甜蜜的香味儿。

"她有很严重的狐臭，很难闻的！"

后来，曼陀林俱乐部的学生在吐槽她。很多西方人都有狐臭味，看来，夫人也不例外。为了掩盖她身上的狐臭味，她经常喷香水。但是，我并不讨厌香水和狐臭味夹杂在一起的酸甜味道，倒是觉得这种气味具有一定的魅力，让我无法言表，它让我畅想起大洋彼岸从未去过的遥远国度还有人世间最美妙的异国花园。

"啊，原来这就是夫人的体香啊。"

我一直在贪婪地吮吸着这种香味，醉意蒙眬。

我天生愚钝，很难融入这种热烈而欢快的交谊舞氛围中。尽管我是为了陪娜奥秘才来的，但是为什么后来就特别想，坚持学习了两个月呢？——恕我斗胆，我想说的是这些都是因为舒烈姆斯卡娅夫人。每个星期一和星期五的下午，夫人都拥我入怀，我们一起跳舞，那一个小时虽然短暂，但是不经意间却成为我最大的乐趣了。在夫人跟前的时候，我将娜奥秘抛到了九霄云外了。这一个小时的时光就好像是芳香浓郁的美酒，让我醉意蒙眬。

"没想到让治跳得这么带劲啊，我还以为你很快就会讨厌了呢……"

"为什么？"

"你不是说自己学不会的吗？"

每当说到这个问题的时候，我就感觉愧对娜奥秘。

"我本来以为学不会的呢，没想到跳舞这么开心。听那个医生说，跳舞是很好的健身运动。"

"所以我让你别想别的，先去跳跳看看。"她不知道我内心是怎么想的，她笑着说。

经过一段时间的刻苦练习之后，我们感觉舞技达到了一定的水平。那个冬天，我们第一次到银座黄金国咖啡馆去跳舞。那个时候东京没有几家舞厅，除了帝国饭店和花月园之外，有些咖啡馆也有这项业务。只是，帝国饭店和花月园那边大多数都是外国人，听说对舞者的服装和礼仪要求很高，所以还是觉得去黄金国更合适一点。娜奥秘听别人说之后就提出来"一定要去一次"，但是我还没有勇气在大庭广众之下跳舞。

娜奥秘瞪着我的眼睛说："那可不行，让治！别这么**窝囊**。如果自己练习交谊舞的话是没有长进的，只能硬着头皮跟大家一起跳才可以。"

"你说得对，但是我没那么厚的脸皮啊……"

"好吧，我自己去。……我让阿浜或者阿雄跟我一起跳。"

"阿雄就是曼陀林俱乐部的那个男孩吗？"

"是啊，他从来没有学过跳舞，但是他哪里去、和谁跳舞都行，最近水平已经很好了，比让治跳得好很多！所以脸皮薄是不行的。……去吧，我陪你一起跳。……好啦，求求你了，一起去吧。……乖，乖，让治真乖！"

我们决定一起去了。但是关于"穿什么衣服"去跳舞，我们又讨论了很久。

"我说让治呀，穿哪件衣服好呢？"在去跳舞之前四五天开始，她就开始闹腾了，将所有的衣服找出来，一件一件地挑。

"哎，那个就行。"我最后觉得有些不耐烦了，敷衍道。

"这件吗？感觉穿这件衣服挺奇怪的。"她不停地在镜子前面打转，"好奇怪，不行！我不喜欢这个款式。"

她说完就立刻将衣服脱下来，然后将其扔到一边。一脚将其踢开，就像是对待纸屑一般。衣服皱成一团了。然后，她又拿起另一件，将其穿上，她一件都没有相中，这个不满意，那个也不满意的。我知道她会说："让治，给我做一件新衣服吧。"

"去跳交谊舞得做一件好看点的衣服。这些衣服都不够出众。还是做一套新的吧，反正以后也会经常出去，没件像样的衣服是不行的。"

我当时的收入已经很难满足娜奥秘的高消费了，我一直精打细算地过日子，一个人的时候每个月确定好多少零花钱，将多余的钱放到银行里存起来，即便不多也要存起来，所以那时候跟娜奥秘成家的时候手里还是不少钱的。此外，就算我爱上了娜奥秘，我也没有耽误半点工作，我依然很努力，是一位模范职员。上司也越来越信任我了，不断给我加薪，我每个月的工资加上每半年发一次的奖金平均起来有四百元钱，如果两个人过日子的话肯定足够了，可是为什么还是这么捉襟见肘呢？仔细想想，我们每个月最低生活费大概也要二百五十元，有时候得三百元。其中房租是三十五元——之前是二十元，在过去的四年里房租涨了十五元钱。扣掉水电煤气和西服洗衣费等杂七杂八的费用之后，还有大概二百元，其他的二百三四十元钱都花到哪里去了呢？大部分花在吃的方面了。

想起来简直是难以置信，一开始的时候，娜奥秘要是能吃上一份牛排就心满意足了，但是她却越来越馋了，一天吃三顿饭，每次她都会说"想吃这个""想吃那个"，她的奢侈程度根本与年龄不相符。我们又觉得购买菜自己做饭太麻烦了，所以基本上都是去附近的餐馆买饭。

"哎呀，真想吃点好吃的啊！"

她说这句话，已经是无聊时的习惯用语了。她之前的时候只喜欢吃西餐，最近又换着花样的三回当中有一回会说"想吃哪个餐厅的浓汤""想试试哪个饭店的生鱼片",她简直有点不知道天高地厚了。

我中午的时候在公司吃饭,她一个人在家里吃饭,因为这个,她更加花钱没个数了,我晚上下班回家的时候,经常会看到外卖店的餐盒和西餐馆的饭盒等堆在厨房的角落里。

"小娜,你又点外卖了吗?你这样每天点外卖多浪费啊!一个女人天天这样,太奢侈了!你好好想想吧。"

她听到我抱怨她,就表现出无所谓的样子。"就是因为我自己吃才叫外卖的啊。做饭多费劲啊!"她故意气急败坏地躺在沙发上,正面朝上。

我的收入根本无法支撑起这么高的消费。只是订点菜也就无所谓了,她有时候都懒得做饭,让店里的人一起给送过来。所以,每到月底的时候,鸡肉店、牛肉店、鳗鱼店、点心店和水果店就会一起将账单送过来,金额高得吓人,真是无法想象她怎么会吃掉这么多东西。

比伙食费稍微少点的就是洗熨费了。她竟然懒到连双袜子都不想洗的地步,所有的脏衣服都会送到洗衣店里去洗。有时候如果我说她几句,她动不动就跟我吼:"我不是保姆!"

她还说:"如果整天总是洗衣服的话,手指头会变粗的,怎么弹钢琴呢?让治是怎么承诺我的呢?你不是说我是你的宝贝吗?如果宝贝的手指变粗可怎么办?"

一开始住在一起的那段时间,她还是会做点家务,还会去厨房里干点活儿,只是这段时间只持续了大概一年半载的。她现在衣服也不洗,这也就罢了,最受不了的就是家里越来越脏乱差,到处都是脏兮兮的。她将脱下的衣服随处乱扔,还随便乱丢吃剩的饭菜,用过的碗盘碟子和还有盛水的茶杯和茶碗,穿脏了的贴身衣服，家里随处可见。家里的地板上和桌椅上面全都蒙了一层灰尘，那副窗帘是专门买回来的印度印花布做的，现在也早已没有了往昔的光泽，已经成了黑乎乎的煤灰色的了。之前那个充满欢歌笑语的"小鸟笼"似的童话世界，如今已经风光不再。每当走进屋子的时候，就能闻到扑面而来的房间里的臭味，我再也受不了了，所以就跟她说："好了，我打扫一下房间，你去院子里吧。"

我开始打扫卫生，掸灰，但越是打扫，垃圾就越多，到处都是乱七八糟的东西，真是无从下手。

无奈之下，我只好请了两三次女佣。但是，女佣来的时候都被眼前的场景惊住了，都走了，没有一个能够干满五天的。一开始我们在这里住的时候没有打算请女佣，没有地方让女佣睡觉。再说了，如果请了女佣的话，我们俩卿卿我我的不太方便，就算是偶尔来点暧昧的动作也感觉到碍眼。还有就是，如果有人帮忙干活的话，娜奥秘就会更加刁蛮，干脆什么都不干了，还会对女佣摆出一副盛气凌人、随意指使的做派，甚至还让女佣去餐馆定外卖，比过去更便捷，花钱也就更多。最终，我们觉得雇女佣的确不划算，又妨碍我们日常卿卿我我的，女佣会觉得不好意思，我们也不想让对方继续待下去了。

我们每个月的开支就这么大了，原来还打算从剩下的一百元或者一百五十元中每个月拿出十元二十元存起来，但是娜奥秘实在是太大手大脚的了，根本存不下任何钱。她每个月都要做件新衣服，不管是薄毛呢还是铭仙绸的，都要一起买面料和衬里，但是她自己不动手，得请裁缝做，光手工费就得五六十元。如果衣服做好了她不满意的话，她就将其塞到壁橱里不再继续穿；如果她对哪件衣服感到满意的话，即便破到有了窟窿，她也穿得乐此不疲。因此，她的衣橱里塞的都是破烂不堪的旧衣服。再来说一

下她奢侈的木屐吧：她有草屐、低齿木屐、高齿木屐、晴天穿的
矮木屐、双带木屐、外出穿的木屐、居家穿的木屐等，每双的金
额大概从两三元钱到七八元钱，几乎每十天就要换一双新的，加
起来的话金额不菲。

"你总是这么穿木屐的话，我吃不消的，不能穿鞋吗？"

之前的时候，她总是喜欢和女学生那样穿着裙子和鞋子出门，
但是最近学跳舞她也会打扮得非常时尚，走路的时候扭扭捏捏的，
还说："别看我这样，我是个地道的东京人，先不说穿衣打扮了，
如果不能穿正宗的木屐的话，内心会非常忧虑的。"

这么说的话，将我当成了乡巴佬了。

她的零花钱都用在了音乐会、点车票、购买教科书和杂志小
说等方面了。每隔三天就得给她三五元钱。另外，每个月还要交
二十五元作为英语和音乐的学费，我每个月的工资四百元钱，用
来支付上面所述的费用就显得捉襟见肘了，别提存款了，甚至还
得时不时地将存款拿出一部分来用于开销。我一个人过的时候存
下的那笔钱慢慢都花光了，花钱如流水一般，这三四年里，我的
积蓄全都花光了，如今已经是穷光蛋一个了。

还有，我这种男人不擅长过负债的日子，每当收到账单的时
候，如果不能按时付款，我心里就会非常难受。到了年底，日子
就更加难熬了，非常辛苦。有时候我会斥责她："你这么个花钱法，
我都过不了年了！"就算这么说，她还是会顶嘴："如果没法过
年的话，你就拖一下再付不行啊。"

或者说："我们在这里住了三四年了，还不让我们过年，真
是不可理喻！虽然说每半年支付一次的，但是在哪个地方都可以
宽限一些时日，让治啊，就是小心眼，这怎么行？"

她买东西的时候会用现金付款，如果每月分期付款，则会先

欠着，等我发了奖金之后再去付款，但是她却不愿意说明为什么要延迟付款。

"我不喜欢解释，这是你们男人的责任。"每到月底的时候，她就不知所终了。

因此，我将自己所有的薪水和奖金都贡献给了娜奥秘，为了让她打扮得更好看一点，为了让她随心所欲地花钱，不能太小气，也为了给她提供个自由自在的成长环境，我本来是这么想的，虽然我嘴上责备手里钱紧张，但还是包容她大手大脚地花钱。只是这样的话，我就只能在别的地方节省了，还好我自己没有任何的人情世事的费用，就算公司那边偶尔有聚会的话，我也尽量不去参加，就算欠下人情也在所不惜。另外，我还缩紧了自己的零花钱、衣服和饭钱等开支，每天乘坐国营省线电车上下班，省下的钱给娜奥秘买二等列车的车票，而自己只买三等车票。她认为做饭非常麻烦，总是叫外卖，这样开支太大了，我也会自己炒菜做饭。但是，她又对我的做法开始嫌弃。

"一个大男人，总是在厨房里干活，像什么话！"

"让治呀，你别老是一年到头只穿一件衣服，能不能打扮得体面点？我不喜欢只有我自己打扮得漂漂亮亮的，而你穿成那样子，咱俩怎么能够一起出门呢？"

如果没法跟她一起逛街的话，我就失去了任何乐趣了，所以我就去做了一件"体面点"的衣服，和她一起乘坐二等车厢，为了不让她的自尊心受到伤害，我只能和她一起花钱大手大脚的。

但是，因为上文所述的原因，我正在为资金的使用情况费尽周折的时候，还要支付舒烈姆斯卡娅的四十元的学费，如果还得给娜奥秘做跳舞的衣服的话，真是愁死我了。但是，她却不明白我的苦衷，当时正好是月底，我还有一点现金，她非让我将其拿出来。

"如果现在就将这些钱花干净的话，年关将至，我们怎么过年呢？"

"怎么过，办法一定会有的。"

"办法一定会有的，什么办法呢？什么办法也没有啊！"

"你这么说，我们为什么要学跳舞呢？……好啦，既然这样，我从明天起哪里也不去了！"

她说着就泪眼汪汪了，用恨恨的眼神盯着我，不再说话。

"小娜，你生气了吗？……哎，小娜呀……将身体转过来。"那天晚上我上了床之后，她背对着我的身体，装睡。我晃了一下她的肩膀说，"好啦，小娜。你朝我这边转过身来吧……"然后，我用手温柔地搭在她的身上，将其身子拉过来，就像给盘子里的鱼翻身那样。她乖乖地将柔软的身子朝向我，半睁着眼睛。

"怎么啦？还在生气？"

"……"

"哎，我说……别生气了，一定会有办法的……"

"……"

"喂，睁开眼睛，眼睛……"

我说着，就把她的微微颤动着睫毛的眼睛给扒开了，她的眼睛里的眼珠子就像贝肉似的那样盯着我，没有一点要睡觉的意思。

"用我的钱给你买行了吧……"

"花完那些钱，你怎么办呢？"

"怎么办？想办法吧。"

"你打算怎么办？"

"跟老家说一下情况，让老家的人给我们寄点钱过来。"

"他们会给我们寄钱吗？"

"嗨,肯定会的。我到现在为止都没有跟家里开口要过一次钱,妈妈知道我们成家之后肯定会有很多花销的。"

"是吗?只是,这样的话有点对不起妈妈啊!"

她说话的时候有些歉疚,但是我实际上已经隐约地感觉到她早就想"跟家里要点钱"了,我这么一说,倒是正中了她的心意。

"不会的,这又不是什么丢人的事情,只是我之前不愿意跟家里要钱,所以从来未开过口。"

"那你为什么要改变想法呢?"

"刚才看到你哭了,我觉得挺内疚。"

"是吗?"她脸上浮现出羞涩的微笑,胸口此起彼伏的,"我真哭了吗?"

"刚才你还泪眼汪汪地气急败坏地说哪里都不去了,你呀,总是长不大的磨人精、大宝贝……"

"我的小爸爸呀,可爱的小爸爸!"

她突然将我的脖子紧紧地搂住,用她的小嘴在我的额头、鼻子、眼睑、耳朵背后一顿猛亲,就像是邮局盖邮戳那样,我的脸上的所有地方都没有落下。我呢,则像是数不清的山茶花瓣那样沾满露水湿漉漉地沉甸甸地飘落,非常开心,我感觉自己就好像沉浸在花瓣的梦幻般的香味中,醉意盎然。

"你怎么啦,小娜!跟个疯子似的。"

"啊,我是疯了!……今天我就爱你爱个够……你还会嫌我烦吗?"

"我怎么会嫌你烦呢?我非常高兴,简直都要疯了。为了你,让我干吗都行。……哎,你怎么啦?又哭了?"

"谢谢,我的小爸爸。我在谢谢我的小爸爸,所以才情不自禁地流泪。……你知道吗?我不该哭吗?如果不该掉眼泪,我现在就擦干净。"

她从怀里掏出纸巾，将纸巾放到我的手心，盯着我看了良久，在让我擦眼泪之前，她又哭了，泪水滴出来了，在睫毛周围打转。这双眼睛太晶莹剔透、美丽动人了！我想我要是能够原封不动地将这些美丽的泪珠凝固保存起来的话就好了，我想替她擦干眼泪，每次睁开和闭上眼睛的时候，泪珠就会被挤压成各种形状，有时候像凹面镜的镜片，有时候像凸面镜的镜片，最后竟然潸然泪下，在我刚给她擦干净的脸颊上流下一道闪亮的泪痕。所以，我再一次给她擦干净脸上的泪痕，抚摸着她湿润的眼睛。最后，我将纸巾按在她哽咽的鼻孔上。

"来。擤擤鼻子！"

她嗤的一声擤了一下鼻子，我反复给她擦干净鼻子。

第二天，她跟我要了二百元钱，一个人去了三越百货商店。我在公司午休的时间给妈妈写了一封信跟她要钱。

……最近城里的物价非常高，与两三年前完全不一样了，让人非常吃惊。虽然不敢铺张浪费，但是每个月依然捉襟见肘的，都市的生活快支撑不下去了……

我记得我是这么写的信。我每次想到自己胆大包天，竟然编造谎言来骗母亲，就感到深深自责。但是，母亲非常信任我，她也疼爱心爱的儿媳妇娜奥秘，两三天之后就收到她的回信，从这一点就可以看出。她同时还在我要求的金额中多加了一百元钱，并且嘱咐说："给娜奥秘买点衣服。"

十

在一个周末的晚上，黄金国咖啡馆里的舞会将于七点半开始。下午五点，我从公司下班之后回到家，看到娜奥秘已经洗完澡了，什么都没有穿，正忙着化妆呢。

"啊，让治呀，我已经化完妆了。"

她从镜子里面看到我之后，就立刻朝后面伸出一只手，她指着沙发，包袱的口敞着，里面是和服和宽幅腰带，这些都是让三越百货商店加急赶制的，这些都摊成了长条状。和服是夹衣，边上用双层棉布料做成的，好像是金线织锦缎子面料，底色是黑红色的，上面有一些星星点点的黄花绿叶一般的图案。腰带上用银丝线绣着几道波纹，上面有几艘游船样的古色古香的小舟。

"怎么样？我的眼光不错吧。"

她的两只手上都沾满了湿乎乎的白粉，手掌从左右两边拍着热气腾腾的丰满的肩膀和脖子。

说实话，她的肩膀宽厚，乳房丰满，屁股丰盈，就这种身材穿这种轻薄柔软得像水一样的面料的衣服并不合适，如果穿薄花呢或者铭仙绸做的衣服的话倒是更能突显出混血儿姑娘一般具有的异国情调来。让人吃惊的是，她穿上这种正经的和服之后，就立刻显现出非常俗不可耐，越是漂亮的花纹越让人觉得她有些粗鲁和猥琐，就像是横滨那边的小妓院或者小酒馆里的女人一样。她还这么得意，我就没有说什么。我想到跟这个穿得这么张扬的女人一起乘电车、进舞厅之后就感觉毛骨悚然。

她穿好衣服之后说："来，让治就穿这套藏青色的西服吧。"

难得她为我拿出衣服，将其上面的灰尘掸掉，然后熨烫好。

"我认为那套咖啡色的更合适。"

"让治你真土！"她瞪了我一眼，用一直以来的语气训斥道，"参加晚宴必须穿藏青色的西服或者晚礼服，衬衣的领子不能是软的，要是硬的！这就是规矩，以后得记住！"

"就是嘛。还觉得自己时髦呢，这点都不懂，真是没救了。这套藏青色的西服太脏了，只是西服要挺括，不能有皱纹，没变形就行了。我已经给你熨烫过了，你今天晚上就穿它吧。过段时间你还得去做一套晚礼服，不然我就不陪你跳舞。"

她紧接着又说，领带要用藏青色的或者黑色没有花纹的，最好是用领结。应该穿漆皮鞋，如果没有就穿普通的黑皮短靴，不能在正式的场合穿红色的皮鞋。应该穿丝袜，如果没有丝袜的话可以穿纯黑的袜子……她不知道跟谁学的，不但对自己的穿着还对我的穿着发表看法、讲解和指导。过了好久之后，才可以走出家门。

我们到舞厅的时候已经过了七点半了，这时候舞会已经开始了。我们听着喧嚣的爵士乐，走上了楼梯。舞厅门口的食堂椅子已经被搬走了，有个男服务员在门口收票。门口贴张一张海报，上面写着"Special Dance- Admission: Ladies Free, Gentlemen ￥3.00"。这里之前就是一家咖啡馆，当舞厅的话并不显得高档。放眼望去，里面有十对左右的人在跳舞，光这些人就很吵了。房间的一边设置了两排座椅，买票的人都有自己的座位，可以在那边休息一会儿，同时欣赏别人的舞技。有一些陌生的男女这边一伙，那边一堆的。娜奥秘走进舞厅之后，他们立刻就开始小声议论了。只能在这种场合才能看到他们异样的奇怪的眼神。一半是不屑，一半是醋意，他们盯着打扮入时的她。

"喂，你看，那边来了个那种女人。"

"那个陪她的男人是谁啊？"

我好像能够听到他们说什么，还敢肯定他们的目光不只在娜奥秘身上，还在娜奥秘身后那个自惭形秽的我身上。我耳朵里充斥着震耳欲聋的交响乐的声音，眼前人头攒动……这些人舞跳得都比我好很多，他们围成一个大大的圆圈，一圈一圈地晃动着。这个时候，我想到自己就是一个连一米六都不到的矮个子男人，皮肤黑得像个土著，牙齿也不整齐，还有这身在两年前制作的土里土气的藏青色西服，我脸上就火辣辣的，浑身发抖，我觉得我真不该来这种地方。

"不能一直在这里站着啊……应该到那边……的桌子那边去。"娜奥秘看上去也有点胆怯了，她在我的耳畔小声跟我说。

"怎么过去呢？难不成要穿过这些跳舞的人中间吗？"

"行啊，肯定行……"

"要是撞到他们，太不好了。"

"小心别撞到他们就行了。……你看看，那个人不就穿过去了吗？行的，走吧！"

我跟随着娜奥秘，朝着舞厅中的正在跳舞的人群中穿过去，我的两腿都在发抖，还有地板很滑，我是费了九牛二虎之力才到了桌子边上的，半路上还差点滑倒了，记得当时娜奥秘"切"的一声，皱着眉头，回头狠狠地瞪了我一眼。

"哎，那边有个位子空着，去那边坐吧。"

　　她的脸皮比我的厚，她在大庭广众之下灵活地穿过了人群，坐在了那张桌子旁边。她虽然非常期待跳舞，但是没有立刻上场，她好像内心有点儿忐忑，从包里拿出镜子照了一下，悄悄地开始补妆。

　　"你的领带朝左边歪了。"她悄悄提醒我，看着场上的动静。

　　"小娜，浜田君也来了。"

　　"别叫我小娜，请叫我小姐。"她又一次皱紧了眉头，耷拉着脸说，"不只是阿浜，阿雄也来了！"

　　"他在那里？"

　　她小声指责我用手指着别人不礼貌，"看，阿雄在那边跟一个穿着粉红色西服的小姐一起跳舞呢。"

　　"你好！"这个时候，阿雄也朝我们这边看来，他越过女舞伴的肩胛在朝这边笑呢。跟他一起跳舞的那个人很胖，穿着粉红色的西装，个子很高，两只赤裸的胳膊伸出来。她的头发很浓密，乌黑的及肩的头发烫成了波浪形，然后用一根缎带扎起来了，有点让人讨厌。至于她的长相，红红的脸蛋，眼睛很大，嘴唇很厚，鼻子很细长，脸形有点像浮世绘中日本女人的瓜子脸。实际上，我特别留意女人的长相，但是从来没有见过长得如此奇怪且不和谐的相貌。或许她因为自己长得太日式的长相而感到遗憾吧，所以才这么费尽心思想让自己打扮得洋气一点。仔细看看，她露出的皮肤上面都涂了厚厚的一层粉，眼眶边上涂了一层发亮的蓝绿色的眼影，就像是刷了一层油漆。毫无疑问，她的红彤彤的脸颊上面肯定是涂了胭脂，还有在额头上缠着的缎带，看上去让人感觉有点可怜，无论如何都像是个女妖。

　　"喂，小娜……"我猛然说出口，又赶紧称呼娜奥秘小姐，"那个女人还是个姑娘吗？"

"是啊，怎么就像个娼妇……"

"你认识她吗？"

"不认识，只是经常听阿雄提起。看，她的额头上还缠着缎带呢，那是因为她的眉毛在额头上长着，为了遮挡才这样的。她下面的眉毛是画上去的。嗨，你看，那眉毛是假的！"

"长得倒是还说得过去，只是化妆的时候红的蓝的乱涂乱抹，太搞笑了。"

"总之就是个蠢货！"

她的自信心慢慢恢复了，她用平日里的骄傲自满的口气大言不惭地说："长相一般。让治，你觉得她漂亮吗？"

"不算漂亮，只是鼻梁挺高的，身材也还好，如果能够化个正常一点的妆，还是可以的。"

"哎呀，真恶心人！什么还可以啊？她那种长相的人多的是，一点优点都没有！而且，怎么说呢……为了显得洋气一点，精心打扮一下也无所谓了，但是她一点都不像洋人，倒是很像只猴子！"

"再说了，好像在哪里见过跟浜田君跳舞的那个女人。"

"见过，她是帝国剧院的春野绮罗子啊！"

"咦，浜田君认识春野绮罗子吗？"

"那当然了。他很会跳舞，有很多朋友都是女演员。"

浜田穿着一套淡咖啡色的西装，脚上穿着一双巧克力色的牛皮鞋，他的舞姿很优美、很潇洒，在人群中格外引人注目。更让人吃惊的是，他将自己的脸紧紧地贴在异性舞伴的脸上，可能这只是一种跳舞的方式吧。春野绮罗子身材娇小，手指就像象牙一样，她那纤细的身体被浜田紧紧地搂在怀里，就好像即将折断的柔软的垂柳一般。她比舞台上看上去更美丽，她穿的衣服正符合她的名字，穿着绮罗，非常华贵，还系了一条宽幅的不知道是绸缎料子的还是素花锦缎料子做成的礼服腰带，底子是黑色的，上面用金丝线和深绿色的丝线绣成了龙的图案。女方的个子太矮了，浜田尽力歪着头，将自己的耳朵紧紧地贴在了春野绮罗子的鬓角上，就好像正在闻她头发的香味。春野绮罗子也很投入，她将额头紧紧地贴在浜田的脸颊上面，闭着眼睛，眼角都快显现出皱纹来了。有时候，他们的身体会分开，但是两个人的脸一直都是紧贴在一起的，四只眼睛眨巴眨巴着。

"让治，你知道那是什么舞吗？"

"不知道。只是太不像样子了。"

"真是的，太下流了。"

娜奥秘口中发出"呸呸"的声音，有些不屑，就好像是吐口水。

"那种叫作贴面舞，不能在正规场合跳这种舞蹈。听说，如果要在美国跳这种舞蹈的话，会被人请出舞厅的。阿浜也真是，太扎眼了！"

"但是，那种女人也太恶心了。"

"就是啊，反正她就是个女戏子。本来女演员是不能来这种地方的，她们在这里，正经的女人都不敢来了。"

"关于男人的穿着问题，你跟我说的也太严格了吧。很少有人穿藏青色的西装啊。就连浜田君不也穿得么……"

我刚走进舞场的时候就看到了，娜奥秘还觉得自己懂得跳舞各方面的规矩，不知道听谁说的，非要让我穿藏青色的西装，但是来到舞厅一看，只有两三个人这么穿，更没有一个人穿晚礼服，其他人都穿着各种颜色的款式细致的套装。

"你说的也对，但那是阿浜的问题，藏青色的衣服才显得正式。"

"按你的说法……看，那个洋人不是也穿着手工纺织粗呢子西装吗？应该随便穿吧。"

"不对，不管别人穿什么样的，自己得穿正式一点。洋人为什么那么穿呢，这得怪日本人了。还有啊，阿浜经验丰富，舞技超群，他就不用说了，如果让治你这种穿得邋里邋遢的，简直是太丢人了。"

舞场上的交谊舞戛然而止，全场响起了热烈的掌声。伴奏的乐队停止演奏之后，有些人没有尽兴还想接着跳，于是有人热情地吹起口哨，有人跺着脚要求再跳一次。音乐声又一次响起，停下来的人们开始又一次跳起来了。一曲作罢，又要求再来一曲……如此反复两三次之后，再怎么鼓掌也没用了。这个时候，男士们跟着舞伴一起走到各自的桌边，就跟护送孩子们一样，浜田和阿雄也将绮罗子和穿粉红色西服的女子送到各自的座位上，让她们入座，礼貌地鞠躬，然后告辞。最后，他们一起向这边走来。

"嘿，晚上好！来很久了吧。"浜田说。

"怎么了，不跳吗？"阿雄仍然用粗俗的口气问道，他挺直了身板站在娜奥秘的身后，上下打量着她身上鲜艳的服装。"还没有人邀请的话，跟我跳一支舞吧？"

"讨厌，阿雄跳舞太差劲了！"

"别乱说。我没有交学费，能跳到这个地步已经很不错了吧？"他长大大蒜鼻子似的鼻孔，咧嘴笑了，"天资聪颖！"

"哼，别吹牛了！那位穿粉红色西装的女子可让人大跌眼镜哦。"

娜奥秘突然对他说的这番粗鲁的话让我大吃一惊。

"哎，都怪她。"阿雄缩了一下脖子，挠了一下头，回头朝在桌边坐着的那个穿粉红色西装的女人瞟了一眼，"我本来觉得自己脸皮够厚的了，没想到还不如她的厚。她来舞厅混完全是靠着那套西装。"

"算什么啊，就像是个猴子！"

"哈哈哈，猴子啊。对，她就像只猴子。"

"你还说呢，还不是你带来的？——阿雄啊，你真应该提醒一下她，她太难看了！如果想要显得洋气一些，也要看看自己长得什么样子。她那张脸本来就是日本、日本，纯日本女人的脸！"

"总之，她的努力都是徒劳！"

"哈哈哈，对啊，她的努力可谓猴子般徒劳的努力。实际上，有的人就算穿着和服，看上去也像是洋人。"

"就是你这样的啊。"

娜奥秘哼了一声，略显骄傲，她得意地笑着："没错，我看上去还像个混血儿呢！"

"雄谷君，"浜田好像是因为我在场有点顾虑，有些故作姿态的样子。他用"雄谷"来称呼阿雄，"原来你认识河合先生啊。"

"是的，我们见过几次……"

这个被叫"雄谷"的阿雄依然直绷绷地站在娜奥秘的身后。他从娜奥秘的椅子后面盯着我看，投来鄙夷的目光。"我来介绍一下我自己，我叫雄谷政太郎，请多关照……"

"他原来叫雄谷政太郎，别人都称呼他阿雄……"娜奥秘坐在那里，抬头看着，"阿雄啊，你多介绍一下你自己好吧？"

"好，哎，不行。说多了就坏事……您还是跟娜奥秘小姐打听一下有关我的详细情况吧。""唉呦，讨厌！你的详情我怎么知道啊？"这几个人你一言，我一语的，我觉得很难受，可是娜奥秘却"嘻嘻哈哈"地非常开心，我也只能满脸堆笑地说："来吧，浜田君和雄谷君，在这里坐一会儿吧。"

"让治，我渴了，点点儿饮料吧。阿浜，你喝什么？喝柠檬苏打水行吗？"

"哎，什么都可以……"

"阿雄，你呢？"

"有人请客，我点兑碳酸水的威士忌吧。"

"呵，真见鬼！我不喜欢喝酒的，满嘴臭烘烘的。"

"臭怕啥！常言道：闻闻臭，吃吃香啊。"

"你是说那只猴子吗？"

"吭，停。你若说她，我被吓跑了。"

"哈哈哈哈。"娜奥秘开心地肆无忌惮地笑得前倾后倒的，"让治啊，叫男服务员来！……要一杯加碳酸水的威士忌，三杯柠檬苏打水……错了，等一下！我不要柠檬苏打水，我要果汁鸡尾酒吧。"

"果汁鸡尾酒？"我没听过这种饮料，好奇怪，她怎么知道呢？

"鸡尾酒不是酒吗？"

"胡说啥？你不懂……我说阿浜和阿雄啊，你们听好了，他就是这么老土。"她说"他"的时候，用食指轻轻敲我的肩膀，"因此，和他一起来跳舞，简直是太傻了！土了吧唧的，傻了吧唧的，刚才还差点儿滑倒呢。"

"地板太滑了。"浜田好像是故意给我台阶下，"刚开始谁都觉得有点害怕，慢慢熟悉之后就会好的……"

"你看我如何？算是熟练了吗？"

"就不说你了。娜奥秘小姐有胆识……算是个社交能手。"

"阿浜也是能手吧？"

"哎，说我吗？"

"是的,不知道什么时候跟春野绮罗子成了朋友！对吧,阿雄,你说呢？"

"嗯，嗯。"雄谷翘起下巴来点头说是，"阿浜，你跟她眉来眼去了吗？"

"别开玩笑了，我怎么会呢？"

"只是，阿浜为自己辩解的时候脸都红了，太可爱了。这说明他很诚实。……阿浜啊，你去叫绮罗子小姐来好吧？对了，让她来，给我介绍介绍。"

"什么啊，你肯定又会嘲笑一番吧？谁能受得了你说话夹枪带棒的！"

"放心吧，我不会嘲笑你的。喊她过来吧，热闹一下还不行啊？"

"那我是否也喊那只猴子过来啊？"

"啊，对了，好主意，妙！"娜奥秘回头朝阿雄说，"阿雄喊那只猴子过来吧，一起认识一下。"

"嗯，好。但是伴奏的音乐又响起来了，还是先跟你跳一支舞吧！"

"我不想跟你跳，但是没有办法，还是陪你跳一支舞吧。"

"别了，刚学会就开始耍大牌了！"

"好，让治，我陪他跳一支，你好好看看。将来我陪你跳。"

我认为当时我的表情一定很难过和奇怪。她猛地站起来，挽着雄谷的胳膊，走到了热舞的人群中。

"哦，接下来跳的是第七号狐步舞曲吧……"

浜田和我在一起没有话聊，有点儿尴尬。他从口袋中拿出节目单，小心又有些犹豫地站起来说："我先失陪一下，下一场约好了绮罗子一起跳舞……"

"好的，请便，没关系……"

他们三个走了之后，男服务员送来了兑碳酸水的威士忌、所谓的"果汁鸡尾酒"和四个酒杯，我一个人面对这些，看着舞池里的情景，有点茫然。我本来来这里的目的就不是希望自己跳，我只是想看看娜奥秘在这群人里到底有多优秀，舞跳得怎么样，因此我也没有什么压力了。我内心的压抑得到了释放，有点无拘无束了，急忙追寻人群中娜奥秘若隐若现的身影。

"嗯，跳得很好！……这个水平已经可以拿得出手了……她在这方面还是很有天分的……"

当她踮起穿着白袜子和小巧的跳舞用的草屐的脚快速地转动时，她那华丽的和服的长袖也会随之起舞；当她往前迈步的时候，和服的下摆如蝴蝶一样轻舞。她的白皙的纤细的手指就好像是手持琴拨的艺伎按在雄谷的肩膀上，闪亮的腰带系在她沉甸甸的身上，她的脖子、侧脸、相貌和发际等如同一朵傲视群芳的鲜花。如此情景可以看出一定不能抛弃和服，此外，也许是因为那位穿粉红色西装的怪异女子也在场的缘故吧，我曾经担心娜奥秘喜欢花枝招展有点庸俗，目前看着也没有太俗气了。

"啊，热，太热了！我跳得好吗？让治，看我跳舞了吗？"

她跳完一曲之后就回到了桌子旁边，匆忙将果汁鸡尾酒端到自己的面前。

"啊，看了，跳得不错，不像是第一次上台。"

"是嘛！接下来跳一步舞，我陪你跳吧？……一步舞很简单。"

"他俩去哪里了？浜田和雄谷呢？"

"他们很快就来了，去找绮罗子和猴子了……再点两份果汁鸡尾酒吧。"

"哦，对了。刚才穿粉红色衣服的那个女人和洋人一起跳舞了。"

"是吗？那样子是不是很有趣啊？"娜奥秘盯着杯底，咕咚咕咚地将鸡尾酒喝了，让干干的喉咙湿润一下。"那个洋人和她不是朋友，他冒昧地走到猴子身边请她跳舞。这实际上有点看不起人，没有经人介绍就提出跳舞的要求，想必以为她是个卖淫女呢。"

"拒绝他不就可以了吗？"

"所以很搞笑啊！那只猴子看到是个洋人，没有好意思拒绝，所以就陪着他跳了。太傻了，真丢人！"

"你别总是骂骂咧咧的行吗，我在一边听着都不舒服！"

"你怕啥啊？我自己有数。按理说，让她听到这种话才好呢，不然的话肯定会给我们惹麻烦。阿雄也说过的，她不能继续这样了，应该跟她说。"

"最好是一个男的跟她说……"

"嗨，阿浜将绮罗子领来了。来了女士，应该立刻站起来。……"

"我来介绍一下……"浜田像是个士兵一样，以"立正"的姿势站在我们的跟前，"这位是绮罗子小姐……"

在这种场合中，我肯定会拿评判娜奥秘的那一套审美标准来衡量眼前的绮罗子，比比她们俩谁更好。绮罗子本来是站在浜田后面的，她往前迈了一步，她的举止优雅大方，嘴角很自然地微笑着，看上去比娜奥秘大两岁左右。但是她的身材娇小，生动活泼，青春活力不次于娜奥秘，而且她身上的华丽的衣装远比娜奥秘的好。

"第一次见……"绮罗子将眼睛低下，她的眼睛小小的、圆圆的，可爱又不乏聪慧，将胸部稍稍收紧了一点，谦恭地跟我们打招呼。真不愧是个女演员啊，她身上完全没有娜奥秘的粗俗和随意。

娜奥秘的行为举止已经不是活泼了，已经太蛮横、粗鲁了。

她说话夹枪带棒的，没有女人的温柔，动不动地还有些不雅的动作。不管怎么说，她都像是一头野兽，而相比之下，绮罗子则像是一件价值不菲的珠宝。她的言谈举止、精神状态、举手投足之间都不缺干练和优雅；她态度谨慎、严肃和谦恭，敏感、知书达理，气质非常不错，经过长时间的历练，如今已经达到了极致。就说她坐下之后端起果汁鸡尾酒杯的时候吧，我看到她的手掌到手腕都非常纤细柔和，好像都无法承受得了下垂的和服袖子的那种沉甸甸的重量。这两双手一起放在桌子上的时候，我有好几次都在反复观察和对比，我感觉娜奥秘和绮罗子的皮肤都比较白皙、细嫩，充满光泽又不乏娇媚，这一点两者基本相同，但是两个人的样貌却相差很大。如果说娜奥秘是玛丽·碧克馥那种美国年轻姑娘，那么绮罗子则是意大利或者法国的带有一丝风情的娇艳贤淑的美女。如果将这两个人比作鲜花，那么娜奥秘则是野花，而绮罗子则是温室里的花朵。端庄的圆脸中间小小的鼻子非常清秀美丽！如果不是闻名世界的工匠的妙手打造的话，就算是婴儿的鼻子也不能这般玲珑细腻。最后我还发现在绮罗子张开红唇的那一刻，她可爱的嘴里也有娜奥秘平常很骄傲的漂亮牙齿，就像是洁白的珍珠那样的种子，排列得整整齐齐的。

　　如同我的自卑感那样，此时的娜奥秘肯定也有点自卑了。当绮罗子坐下之后，娜奥秘竟然没有之前那么傲慢、狂妄和冷嘲热讽的样子了，她突然变得沉默，场面气氛有点尴尬。只是，她争强好胜惯了，又是自己要求将绮罗子带的，所以没多大会儿就又开始顽皮、任性了。

　　"阿浜，别不说话啊，说点什么吧……绮罗子小姐和阿浜什么时候开始交朋友的呢？"娜奥秘开口说话了。

　　"我吗？"绮罗子睁大眼睛，她的眼睛大大的，清澈而明亮，

"不久之前。"

"我吗？"娜奥秘受到绮罗子的影响，也学着她的口气说道，"刚才看你跳得不错，一定刻苦练习了吧？"

"没有。很早之前就开始学了，但是没有多少进步，我有点笨……"

"哎呀，你真谦虚。阿浜，你觉得呢？"

"她跳得真不错。绮罗子小姐在电影演员培训部经过正规的学习。"

"看吧，别那么说。"绮罗子有点害羞。

"跳得很好，在这里，跳得最好的男士是阿浜，跳得最好的女士就是绮罗子了……"

"哪里。"

"怎么，大家在点评舞蹈吗？我觉得我是男的中跳得最好的啊！"

这时候，雄谷带着穿粉红西装的女士过来了。

雄谷说，她是住在青山的实业家的女儿，名字叫井上菊子，二十五六岁了，眼看就成了大龄剩女了。后来听说，她在两三年前结过婚，但是因为酷爱舞蹈，近来已经离婚了。她穿露臂的晚礼服，想必是想炫耀一下她的丰满的身材吧，但是如果说她的身材有丰满的美，还不如说她已经是个半老徐娘了。按常理，这么胖的人比瘦小的人更适合穿西装，但是她的长相太牵强了，就好像是西洋人偶长了个日本人偶的脑袋，跟她的西装很不和谐。如果是天然的五官也就无所谓了，但是她为了让自己与西装和谐，想方设法、费尽心思胡乱处理她的脸，最后将那张脸糟蹋得面目全非。仔细看一下，她的眉毛肯定是藏在额头的缎带里面，眼眶上的眉毛是描的，另外还有蓝色的眼影，红色的脸颊，假的黑痣、唇线和条状的鼻梁……反正脸上没一个地方看着正常。

"阿雄，你讨厌猴子吗？"娜奥秘突然问道。

"猴子？……"雄谷差点儿笑了，他憋着笑说，"你怎么突然问这个问题？"

"我家有两只猴子，如果你喜欢，我可以送你一只？阿浜很喜欢猴子吗？"

"哦，您还养猴子啊？"菊子认真地问。

娜奥秘越来越兴奋，她流露出恶作剧的眼神，"是啊，养着呢。菊子小姐喜欢猴子吗？"

"我喜欢所有的小动物，小猫小狗等。"

"那猴子呢？"

"也喜欢。"

他们的对话太搞笑了，雄谷将身体转到一边，笑得前仰后合的，浜田用手帕捂着嘴巴笑，绮罗子也心领神会地默默微笑。只有菊子，她可能是非常本分，并没有发现别人耻笑她。

没多大一会儿，第八场一步舞开始了。雄谷与菊子进入舞池。当着绮罗子的面，娜奥秘口无遮拦、出言不逊地说："哼，她就是个傻子，脑子进水了吧。"

"对了，绮罗子小姐，您怎么看呢？"

"嘿，怎么说呢……"

"她看上去像是个猴子吧，所以我才故意一直说猴子。"

"哎。"

"别人都快笑死了，她还蒙在鼓里，真是个傻瓜。"

绮罗子流露出吃惊的表情，一半是不屑,她偷偷地盯着娜奥秘，一直都说"哎"来敷衍。

十一

"来，让治，我陪你跳一曲吧。"

娜奥秘终于赏光可以和我跳舞了。

我虽然从小就有点小胆，但是我今天也想在这里看看我到底学到哪种程度了，再说了跟我跳舞的人可是可爱的娜奥秘，岂能不开心呢？就算我跳得很差让别人见笑了，这样更加突出娜奥秘的优秀来，这才是我的初衷。另外，我还有一种很奇怪的虚荣心，我想有人说："看他就是那个女人的丈夫。"或者反过来，我可以自豪地当着大家的面跟别人说："她是我的人！怎么样，来看看我的宝贝。"想到这里，虽然有点不好意思，但是也感到很舒服，就好像是一直以来为娜奥秘付出的辛苦和牺牲都是为了有收获。

我看娜奥秘的表现，我认为她今天晚上可能不想和我跳了，如果我的水平没有长进她就不愿意陪我跳。不想跳就不跳吧，我也不会主动说。当我快死心的时候，她竟然说要跟我一起跳舞，听到这句话，别提我有多开心多吃惊了。

我记得，当时我就像得了热病一样，兴奋地拉着她的手迈出了一步舞中的第一步，然后如痴如醉地跳了起来。跳得入神之时，竟然听不到伴奏的音乐了，步子开始错乱，我的双眼有点模糊，心跳加速，这与在音乐店二楼舞蹈教室里跟着留声机学习的时候简直不像一个人。这个时候，穿梭在舞厅的人海中，根本不知道怎么前进、怎么后退了。

"让治啊，你为什么发抖呢？精神点！"她不断地训斥我，"你看看你，脚底下又打滑了！你转得太快了，慢点，再慢点！"

她每次说我就紧张，这里的地板是今天晚上临时才改成舞厅的，打上了蜡，很滑。我觉得好像还是在教室中，不小心的话脚底下就会打滑。

"看看你！不是跟你说过不要将肩膀扛起来吗，低一点，低一点！"她经常将我握紧她的手甩开，气呼呼地将我的肩膀按低一点。

"切，为什么将我的手拽得这么紧！你跟我贴得这么近，我怎么跳呢？……你看看，又把肩膀扛起来了！"

这样看的话，感觉我来这里跳舞就是为了听她的训斥。只是，我根本听不进她的唠叨。

"让治，我不跳了！"

大家大声喊着"再跳一遍"，娜奥秘气呼呼地将我丢下，然后回到座位上去了。

"啊，我太吃惊了，和让治根本跳不到一块儿去。以后你好好练习一下再跳吧。"

浜田和绮罗子走了过来，雄谷也来了，还有菊子，桌子旁边又开始热闹了。我还因为幻想破灭而感到难过，受了娜奥秘的责备而默默地忍气吞声。

"哈哈哈哈。按你说的，懦弱一点的人就不能跳舞了？行了，别发牢骚了，将就一下跳吧！"雄谷说。"将就一下跳吧！"这话让我很生气。这叫什么话？把我当成什么？这个乳臭未干的臭小子！

"什么呀，他跳得也没娜奥秘说得那么糟糕，不是还有更糟糕的吗？"浜田说，"是吧，绮罗子小姐？下一场跳狐步舞的时候，您能和河合先生一起跳吗？"

"好的，请……"绮罗子点头答应，仍然有一副女演员的亲和。但是，我忙挥手作罢，"哎呀，那不行，不行！"我有点不知所措，模样有点搞笑。

"怎么不行呢！别客气。是吧，绮罗子小姐？"

"是啊……真的，请……"

"哎呀，我真不行，等我练好之后再陪您跳。"

"既然小姐请你跳了，你还是乖乖跳吧！"娜奥秘用命令式的口气说，她觉得，绮罗子能够跟我跳舞是在高看我一眼。"总是让让治跟我一个人跳不合适。……哎，狐步舞开始了，去吧！要跟不同风格的人一起跳舞才能进步。"

这个时候，有人说："Will you dance with me？（能和我跳支舞吗？）"这个人朝娜奥秘直奔而来，是刚才与菊子跳舞的那个年轻老外。他身材高挑，脸有点娘炮，脸上还涂着白色的粉。他弯着腰站在娜奥秘的跟前，微笑着，快速说了一些什么，好像是一些恭维的奉承话。我只能听懂他觍着脸说的"请，请"。娜奥秘的双颊通红，就跟着火似的，有点难为情，但是又不好意思生气，所以只能默默地微笑着。她打算拒绝对方的邀请，但是突然之间又不知道怎么用英语委婉地拒绝，最终一句话也没有说。但是娜奥秘一直在微笑，外国人看到还以为是她愿意，就做出"有请"的动作，逼她回应。

"Yes…"（好的……）"她不太情愿地站了起来，这时候脸颊就跟燃烧起来似的红彤彤的。

"哈哈哈哈，她平常挺逞能的，遇到洋人就怂了，没脾气了！"

雄谷狂笑不止。

"洋人真是厚颜无耻,让人为难。我刚才都让他弄得不知所措了。"菊子说道。

"请您赏光。"绮罗子在一边笑,我只好豁出去了。

实际上,不只今天晚上,在我眼里,除了娜奥秘没有别的美女。当然了,见到其他美女我也觉得漂亮,但是她们越好看,我就越觉得遥不可及,只能远远看着。舒烈姆斯卡娅夫人就不一样了,我跟她密切接触的时候那种感觉与一般的情欲不一样。所谓的情欲,就是很神秘、很难形容的梦幻般的感觉。再说了,她是遥远的异国夫人和舞蹈老师,与面前的绮罗子相比,我跟她在一起的时候感觉更踏实。但是,绮罗子是个日本人,是帝国剧院的女演员,她衣着奢华,让人眩晕。

但是,让我很吃惊的是,我竟然可以很轻松地跟她一起跳舞。她柔软的身体就像是棉花一般轻巧,她细嫩的小手就像是刚发出的嫩芽那般细腻柔和,此外,她还对我的节奏感非常了解,她就像是一匹聪明的马儿一样积极地配合着我的笨拙的动作。这么一来,我就放松了,我有了一种无可名状的快感。我突然非常自信了,自然也就能很好地迈出舞步了,就好像坐在旋转木马上的感觉一样,如痴如醉地旋转。

我禁不住喊:"太开心了!真是不敢相信,太有意思了。"

……转,转,转!我们在快速旋转,就像水车那样,绮罗子的声音传入耳际:"你跳得真棒,我一点都没觉得不好配合。"

……她的声音很温柔,是绮罗子特有的甜美的声音。

"哪里呀,是您跳得太好了。"

"不,真的……"她稍微停顿了一小会儿,然后接着说,"今晚的乐队太棒了!"

"是啊。"

"如果伴奏音乐不好，就不能有激情地跳舞。"

此时，我看到绮罗子的嘴唇与我的太阳穴的下方正对着，她一边的头发碰到了我的脸。她可能已经习惯了，刚才与浜田跳舞时也这样。她的发髻很柔软，触碰着我，还经常温柔地跟我说话，我长期备受娜奥秘这匹烈马无情的指责，对我来说，这种"女性的柔情"已经达到了极致，这是我从未想过的，我曾经的心就像是被灌木丛中的荆棘扎得全是伤口，而绮罗子那双温暖的玉手正在抚慰我这些伤口。

过了一会儿之后，娜奥秘回到桌边，跟我解释："我原来打算拒绝他的，但是他在异国他乡孤苦伶仃的，所以我有点同情他，觉得他很可怜。"她有点儿沮丧。

第十六场华尔兹舞跳完的时候已经十一点半了，接下来还有很多场。娜奥秘说，如果太晚的话，就打车回家，我好说歹说，她才同意跟我坐末班车回去，我们离开舞厅走向新桥站。雄谷和浜田及他们各自的舞伴在银座大街上闲逛，送我们到车站。大家的耳边还萦绕着爵士乐的声音，有人哼出了声，所有人一起跟着乐曲唱起来。我不会唱，只能赞叹他们的灵巧，好的记忆力还有洋溢着青春活力的歌声。

"啦，啦，啦啦啦……"娜奥秘的嗓门最大，她打着节拍往前走，"阿浜，你认为哪支曲子好呢？我最喜欢《大篷车》。"

"哦，《大篷车》！"菊子突然尖叫，"那首曲子太好了！"

"只是，我……"绮罗子接着往下说，"我倒是感觉《霍斯帕林格》也不错，很适合用来当伴奏曲……"

我们在检票口跟大家说再见，然后站在月台上等电车，冬天的夜晚，月台上有寒风穿堂而过。我们俩都保持沉默，我有点开心之后的寂寞感觉，娜奥秘肯定没这种感觉，她跟我说："今天晚上跳得很开心，以后再去吧！"

但是我有点失望，只是"嗯"了一声。

这都是啥呀？舞会竟然这个样子！欺骗老娘，两口子闹别扭，最终搞得又哭又闹还有点搞笑，亲自参加的舞会就这么没趣！难道那些跳舞的人不是桀骜不驯、阿谀奉承、自命不凡和矫揉造作的一群人吗！

但是，我又为什么要去参加呢？难不成为了跟别人炫耀娜奥秘吗？如果这样的话，我也太虚荣了，我这个引以为豪的宝贝又算啥？

"结果如何？带着她出去，真的会像期望的那样引来众人赞叹吗？"我开始嘲笑我自己，开始反思我自己。

"你啊，真是无知者无畏。很显然，对你来说的话，她就是无价之宝。但是让她去抛头露面，会有什么结果呢？那里都是一帮自恋虚荣的人！你说的倒是好听，娜奥秘不就是代表着这群人吗？还以为自己多么了不起，自以为是，出言不逊，让人不屑一顾。你觉得她是谁？洋人都还以为她是个妓女呢，而且她竟然连最简单的英语都不会说，磕磕巴巴的，丢死人了，手足无措地陪洋人跳舞的又何止菊子一个人啊。她说话很难听，而且很粗鲁，一点也不像样子！她还觉得自己是个'淑女'呢，但是语言污秽不堪，菊子和绮罗子也比她的修养好很多。"

那天晚上在回家的路上，我的心中油然升起这种很不爽的反感，也不知道是悔恨还是失望，无法言表。

在电车上的时候，我特意与她相对而坐，想着再好好看看眼前的娜奥秘。为什么我会对她如此着迷呢？是她的鼻子还是眼睛？我挨着确认一下，但是让我没想到的是，她平常那张魅力十足的脸在今天晚上竟然如此俗不可耐。我第一次与她见面的时候，那时候她在钻石咖啡馆当女服务员，她那个时候的身姿又一次从记忆深处浮现。当时，娜奥秘比现在好很多，她天真烂漫的样子，有点腼腆忧郁，但是现在的她语言粗俗、态度狂妄，这简直不是同一个人。我对那时候的她痴迷，所以一直到现在，这么想一下的话，她竟然在无意间变得让人讨厌让人烦。看看她的坐相，看上去很神气，就好像在说"我是世界上最聪明的人"；再看看她的神情，目中无人，就好像要跟大家宣告："我才是人世间最美的女人"，"我就是最时髦和洋气的女人"。但是实际上，她都无法流利地说一句英语，甚至不会动词的主动语态和被动语态。别人不知道这个，我是知道的……

我暗暗在骂她。她坐在那里，稍微往后仰着头，整张脸朝上。我从我坐的位置看，她引以为豪的洋气的大蒜鼻子上的黑乎乎的鼻孔暴露无遗，两翼是肥厚的肉。我跟她天天在一起，按理说我应该非常熟悉她的鼻子才是。我每天晚上搂着她的时候，经常从这个角度去看她的鼻孔，我在前几天还给她擤鼻子，抚摸过她的两翼，有时候还跟她碰鼻子，就像打入的楔子那样。可以说她长在脸庞中间的这块肉——她的鼻子已经是我身上的一部分了，并不是别人的。但是，我现在再看到她的鼻孔的时候竟然觉得很脏。就好像一个饥肠辘辘的人吃饭的时候狼吞虎咽的，不管是什么食物一概统统塞下，慢慢吃饱了之后发现这个食物竟然如此难以下咽，甚至让人想吐。我现在就是这个心情，一想起来今天晚上就要面对这只鼻子，陪着这张脸睡觉的时候，我就感觉胃里像是吃多了东西一样翻江倒海地想吐，"受不了这种美食了！"

我感觉这好像是父母在惩罚我似的。我想欺骗母亲来满足我的艳遇，咎由自取。

只是，如果各位因此认为我对她深恶痛绝了，那就错了。我到现在为止都没有这么想过，只是心中不满一吐为快罢了。回到大森的二人世界之后，我刚才在电车中的那种"吃腻"的感觉就顿然全无了。她身上的所有器官，鼻子、眼睛和四肢又魅力十足，让我欲罢不能。

后来，我一直陪她去跳舞，每次都会对她的缺点感到厌烦，每次回来的路上都不开心。但是，很快这种感觉就会消失。我对她的感觉，就像猫的眼睛一样，一晚上能换好几种。

十二

　　浜田和雄谷等通过参加舞会认识的男性朋友经常来我们大森冷清的家里做客。

　　通常情况下，他们会在傍晚的时候来家里，那时候我刚好从公司下班回家，我们一起伴着留声机的音乐开始跳舞。娜奥秘天生就热情好客，家里没有请用人，也没有长辈，没人妨碍我们，这间画室也很适合跳舞，他们玩起来很尽兴，经常忘了时间。刚开始的时候，这些人还不好意思，吃晚饭的时候就要走了。

　　"嗨，为什么要走呢？一起吃晚饭吧。"娜奥秘执意挽留，最后就成了只要他们来我家跳舞，一定会在"大森厅"吃西餐，我来请客，这都成了习以为常的事了。

　　那天晚上，天气非常潮湿，当时已经是梅雨季节。浜田和雄谷来家里玩，大家聊天聊到十一点多，外面下暴雨了。哗哗的雨水敲打着窗户，两个人虽然说"要走，走"，但是举棋不定。

　　"嗨，天气这么糟糕，下着这么大的雨，怎么走呢？今天晚上就在这里住吧！"她突然说，"你们觉得呢，住下吧。……阿雄没问题吧？"

　　"我无所谓……只是，如果浜田走，我也走。"

　　"阿浜也没问题吧？"娜奥秘看了我一眼，"行了，阿浜，别客气了。冬天的话，棉被可能不够用，但是这个季节的话，四个人能将就一下的。明天是星期天，让治不上班，晚点起也行。"

"怎么样，就住下吧。这雨太大了，走不成。"我无奈地劝他们。

"好的，就这样吧。我们明天玩什么呢。对了，对了，我们傍晚的时候再去花月园吧！"

他们最终决定在我家住下。

"只是，蚊帐不够用，怎么办呢？"我说。

"就一顶蚊帐，大家睡在一起吧，那样才有意思呢。"娜奥秘可能觉得这种情况可遇不可求，所以就跟学校里休学旅游一样，兴奋地在一边嘻嘻哈哈地说。

她的建议让我大吃一惊，我本来想让两位客人用蚊帐的，我自己和娜奥秘点蚊香，睡在画室的沙发上，但是怎么也没想到我们四个人会挤在一个蚊帐中睡觉。娜奥秘却很兴奋，我也不好意思当着两位的面不开心。……当时我还犹豫不决，她就和平常那样早就拿定主意了。

"好吧，我去铺被子，你们来帮忙吧。"

她下了命令，先往楼上的四铺半席的房间里跑去。

蚊帐中空太小了，怎么排列才好呢？并排四个人肯定不行，因此三个人并排，一个人横着睡。

"不行。三个男人并排，我自己睡这里。"

"啊，不行！"吊起蚊帐之后，雄谷朝里面看了看说道，"就跟个猪窝似的，大家是想这么乱七八糟地挤在一起吗？"

"那又怎么样，别再挑剔了。"

"哼，住在别人家里，还要求那么高……"

"就是啊。反正今晚上无法入眠了。"

"我能睡，还会打呼噜呢。"雄谷在地上跺了跺脚，第一个钻进了蚊帐，没有脱衣服。

"想睡也不行！阿浜，你不能让他睡，如果他睡着了，你就挠他痒痒。……"

"啊，太闷太热了，睡不着啊！"

雄谷挺着胸膛，露着肚子，正面躺在中间的棉被上，两条腿撑着膝盖，浜田在右边。他将西装脱下来，穿着一条裤子和一件贴身的衬衣。仰卧着，他的身体很瘦，腹部凹陷。他安静地听外面的雨声，将一只手放在额头上面，用另一只手摇着一把圆形的蒲扇，发出吧嗒吧嗒的声音，听着这声音让人感觉到更热。

"我啊，如果身边有女人，就肯定睡不着。"

"我是男的，不是女的。阿浜不也说我不像女的吗！"娜奥秘在蚊帐外面黑暗的地方快速将睡衣换上，她的白皙的后背露了出来。

"我倒是说过……"

"我在你旁边睡觉，你还认为我是女的吗？"

"嗯，是啊。"

"你觉得呢？阿雄！"

"我无所谓了，我没把你当女的！"

"不是女的那是什么？"

"嗯，你就是只海豹。"

"啊哈哈哈，海豹好还是猴子好呢？"

"我谁都不要！"

雄谷说着故意发出鼾声。我在他的左边睡，默默地听他们仨在闲聊。如果娜奥秘钻进来的话，要么她的头会挨着浜田，要么会挨着我，我悄悄看她到底挨着谁。她的枕头放在正中间，没有偏向谁。刚才铺被子的时候，她故意这样做的，这样可以方便任意调整。她终于穿上桃红色的绉纱睡衣进来了，她直绷绷地站在那里问："关灯吗？"

"哎，关上吧……"雄谷说。

"那我关灯了……"

"啊，好疼！"雄谷尖叫起来。

娜奥秘踩到了雄谷的前胸，她踩着他的身体，从蚊帐中将手伸出来，将灯"啪"地关上。

屋子里黑了，屋外电线杆上有路灯照在窗口上，所以在屋子里还能模模糊糊地看到大家的脸庞和衣服。娜奥秘迈过雄谷的头跳到了自己的棉被上，她这时的睡衣下摆随风掠过了我的鼻子。

"阿雄，你抽烟吗？"娜奥秘并没有马上躺下，她像个男人一样劈开腿坐在枕头上，低着头看雄谷说，"嗨，转过来！"

"你个浑球，为什么故意不让别人睡觉！"

"呵呵呵，喂，转过来，要不我就对你不客气啦！"

"啊，疼！别闹，听到了吗？一个大活人，手下留情啊。又踩又踢的，别管多结实都会受不了的！"

"呵呵呵……"

我看着蚊帐的顶端，不知道什么情况。好像是娜奥秘用脚尖在使劲戳阿雄的头。

"你真是难缠！"雄谷过了一会儿之后终于转过身来了。

"阿雄，你醒了吗？"浜田问。

"是啊，能不醒吗？被祸害的。"

"阿浜，你也得转过身来，不然一样的下场！"

浜田也转了过来，好像趴着的样子。

雄谷在和服的袖子口袋里到处乱摸找火柴，紧接着，我的眼前一亮，他将火柴点着了。

"让治，你也转过来，你自己在干什么呢？"

"哦，哦……"

"怎么了，睡着了吗？"

"哦，哦……有点迷迷糊糊的……"

"啊呵呵，真会说啊。如果我没说错的话，你在装吧？肯定着急了吧！"

她一语中的，我还闭着眼睛，但是两腮通红。

"我没事，只是在开玩笑，你放心睡吧……如果实在不放心的话，可以看着我，没必要憋着……"

"他是不是被你祸害啊？"雄谷说着，将香烟点上，猛地抽了一口。

"行了，没必要祸害他，每天都这样。"

"你们俩可真爽。"浜田说，他的话有点言不由衷，但好像是在夸我。

"我说让治啊，如果想被迫害的话，我就成全你吧。"

"别，我受不了了！"

"受不了的话，就回朝我这边吧，你自己孤孤单单的，有点奇怪。"

我转过身来，将下巴放在枕头上。娜奥秘屈膝而坐，呈八字状，她的一只脚放在浜田的鼻子旁边，另一只脚放在我的鼻子旁边，雄谷的头放在她那八字形的双腿之间，正在悠闲地抽福岛牌香烟。

"让治，这种情景好吗？"

"嗯……"

"嗯是什么意思呢？"

"不成体统，你就是只海豹！"

"对，是海豹。海豹正在冰面上面休息呢。三头熊海豹在前面躺着。"

蚊帐是黄绿色的，从头顶奔拉下来，就好像是浓云低垂……漆黑的夜里，她的头发披散着，包着一张白皙的脸，她的睡衣有些邋遢，还经常露出胸脯、手臂和小腿肚子，娜奥秘平常就是这么诱惑我的，我看到她那个样子之后就感觉像是一头野兽被美食迷惑了一般。夜色黑漆漆的，但是我感到娜奥秘好像是故意在用她常用的挑逗表情微笑地看着我。

"怎么不成体统了，瞎说！分明是看到我穿睡衣就急不可耐了，就是因为大家都在，你才使劲憋着的。让治，我说得对吧！"

"别胡乱说！"

"啊哈哈哈……我马上让你投降，看你还嘴硬吧！"

"喂，喂！你别闹了，明天晚上再说。"

"不错！"

雄谷说完，浜田也趁热打铁："今天晚上你应该平等对待我们。"

"我没有平等对待你们吗？这只脚给阿浜，另一只给让治，不让你们嫉妒……"

"那我呢？"

"阿雄好处最多。离我最近，还将头钻到我这里。"

"太荣幸了。"

"就是啊，我对你最好了！"

"但是，你不至于整个晚上就这么坐着吧？怎么睡觉呢？"

"对啊，怎么睡呢？你头朝向哪边呢？朝向阿浜还是让治呢？"

"那有什么大不了的。"

"不，不对。阿雄睡中间肯定没问题了，但是我就有问题了。"

"是吗？阿浜，我的头就朝向阿浜吧。"

"问题就在这里啊。你朝着我这边睡，我会很忐忑的，如果你朝向河合先生的话，我又会不安……"

"还有啊，她睡觉的样子很难看！"雄谷又说道，"如果不小心的话，谁要是头对着她的话可能会被半夜踢飞。"

"是吗？河合先生，她睡觉的样子真的很难看吗？"

"是的，很不好，非常差劲。"

"喂，浜田。"

"干吗呢？"

"睡晕了的话会舔她的脚吧。"雄谷说着就咯咯咯地笑了。

"舔脚丫子有啥，让治经常舔。他还说我的脚丫子比我的脸可爱呢。"

"爱屋及乌啊。"

"对。是吗，让治？你还喜欢我的脚吧？"娜奥秘接着说，"不公平不行的。"因此，她一会儿将脚对着我，一会儿又将脚对着浜田，每五分钟就会改变一下朝向，在被子上翻来覆去。

"好了，该浜田了！"她躺在床上，转来转去的，每次转身的时候都会将双脚朝上，踢到蚊帐，将枕头从一边扔向另一边。这只海豹的动作幅度太大了，原来一半被子是在蚊帐外面的，她不断将蚊帐的下摆掀起来，导致飞进来了几只蚊子。"这样不行啊，太多蚊子了！"雄谷猛地站起来，往外轰蚊子。但是，不知道蚊帐被谁踩到了，绳子断了，蚊帐掉了下来，里面的娜奥秘更疯狂了。重新系好吊绳将蚊帐挂上，这又花了不少时间。一番折腾之后，都消停了，这时候东方已经泛白了。

我的耳边一直萦绕着风声、雨声和雄谷的鼾声，不绝于耳，我慢慢睡着了，但是一会儿又睁开了眼睛。这个小房间很小，平常两个人睡觉都有点儿挤，整个屋子里弥漫着娜奥秘身体和衣服上的香水味道还有汗臭味，混杂在一起，还有今天晚上又多了两个男的，于是更显得闷热了，就好像在马上要地震的密封空间里，憋得难受。雄谷经常翻身，还经常碰到对方的汗津津的手和黏糊糊的膝盖。看看娜奥秘的枕头在我这边，一只脚在枕头上，另一只脚撑起膝盖，脚的背面插在我的被子里，她的头朝浜田的方向歪着，两只手张开着，她闹腾了很久已经很累，现在正熟睡着呢。

"小娜啊……"我看着大家睡熟之后的呼吸，心里默念，在我的被窝里面摸她的脚。啊，这双脚，这个正在熟睡的女人的白皙而美丽的脚真是我的。她还是个小姑娘的时候，我每天晚上，都会将她的脚放在热水里用肥皂给她洗脚。她的肌肤柔嫩，虽然她十五岁了，别的地方都在不断成长，但是只有这双脚好像没有变化，还是那么娇小可爱。这大脚趾与之前一样，小脚趾的形状，后跟的圆润，凸起的厚厚的脚背，所有的都跟以前一样。……我忍不住偷偷地亲了她的脚背。

天亮的时候，我又一次迷迷糊糊地睡着了。没过多久，我被一阵笑声吵醒了，娜奥秘竟然将纸捻子塞到我的鼻子里了。

"怎么样？让治醒了吧？"

"哎，几点了？"

"十点半了，反正起床也没事干，还不如干脆睡到中午。"

不下雨了，星期天这天碧空无云，但是房间内仍然很闷热。

十三

按理说，应该没有同事知道我家里这种糜烂的生活的，私事和公司的事宜两不相干，泾渭分明。有时候尽管上着班的时候，我的脑子里也经常会出现娜奥秘的身影，但是这些肯定都不会影响工作的，别人也看不出来。我觉得，同事们依然认为我是个谦谦君子。

但是有一天，那时候还是在梅雨季节，天气依然异常闷热，那天晚上，我的一个同事因公出国，他叫波川，是个工程师。我们在筑地的精养轩为他饯行。我一如既往地礼节性地到场参加。吃完饭之后，吃了点甜点，后来大家就从餐厅到吸烟室了，大家一边喝着鸡尾酒，一边在东扯西聊。这时候我感觉自己可以走了，就站起来了。

"河合君啊，坐下。"一个同事笑吟吟地叫住了我，他的名字叫S，他有点醉了。他跟T、K和H坐在一张沙发上面，想让我也坐在上面。

"嗨，这就想走啊。外面的雨太大了，你想去哪里啊？"S说着，抬头看着有点忐忑的我，再一次笑了。

"哪里也不去……"

"直接回家吗？"H说。

"是的，不好意思了，我先走了。我在大森住，天气糟糕不好走，我得早点回去，不然就赶不上车了。"

"啊呵呵呵呵，好像跟真的似的！"T说，"河合君，我们都知道你的情况了。"

"什么情况？……"

不知道T说的"情况"是什么，我有点吃惊地问。

"真让人吃惊啊，我还以为你是个君子呢……"K歪着头，感慨万千，"你竟然也会跳交谊舞，看来时代是在进步啊。"

"嗨，河合。"S害怕被别人听到，小声在我耳边说，"陪你的那个美人是谁？给我们介绍介绍吧。"

"不值一提啊。"

"我们听说她是帝国剧院的女演员呢。……哎，难道不是吗？还有人说是电影演员，是个混血儿，你跟我们说她在哪里住啊？不说的话，就不让你走！"

我一脸不痛快，有点生气，说话有点磕巴。S穷追不舍，靠我很近，一脸严肃地问："哎，她不跳舞的时候，就不能将她约出来吗？"

我都差点骂"浑蛋"了。我还以为公司里的人都不知道我的情况呢，没承想，他们不但知道，还不相信我们是夫妻，竟然从这个有"浪荡公子"名号的人那里了解到，觉得娜奥秘是人尽可夫的女人。

"傻瓜！你问能不能将人家的老婆约出来也太没素质了！"S侮辱我，我肯定没法忍受的，真想愤怒地教训他一顿，但是，实际上我有一瞬间变了脸色。

"喂，河合呀，跟我们说吧，真的。"他们认为我好说话，就死缠烂打。H说着回头看了一下K，问道："我说K呀，你听谁说的啊？"

"庆应大学的学生告诉我的。"

"哦，他是怎么说的？"

"他是我的亲戚，痴迷于交谊舞，他经常去舞厅那种地方，所以认识那个美女。"

"哎，她叫什么？"T从旁边伸出头来问。

"名字……让我想想啊……这个名字很奇怪……叫娜奥秘……是叫娜奥秘吧……"

"娜奥秘？……果然是混血儿啊。"S说着，看着我的脸，一脸讽刺的样子，"如果是个混血儿，就不是那个电影演员了。"

"听说那个女人可厉害了，庆应的那帮学生都被她迷得神魂颠倒的。"

我一直微笑着，脸部肌肉都有些痉挛了，嘴角有点颤抖。K这么说，我的微笑瞬间凝固了，僵住了，就好像我的眼珠子深深地陷入了眼窝里面。

"呵，有指望了！"S十分庆幸地说，"你那个亲戚学生是不是跟她有点什么？"

"我怎么知道呢，只是有两三个朋友跟她发生过关系。"

"别说了，别说了！河合知道了肯定要担心了……你看看，他的脸多难看啊。"T这么一说，全都抬头看着我笑。

"不要紧，这有什么关系呢，自己独享那个大美女，不让我们知道，真是没良心，这样说不过去啊。"

"啊哈哈，河合君，怎么样啊？正人君子偶尔尝试一下关于私人问题的担忧也行吧。"

"哈哈哈……"

我何止是生气，我根本听不到他们说啥。耳朵中只萦绕着哄堂大笑的声音。我忽然有点不知所措，不知怎么样逃离这个地方，不知道是该笑还是该哭。我担心如果我说点什么，他们肯定会更加肆无忌惮地嘲讽我。

我奋不顾身地跑出了吸烟室，直到大街上才停下来，大街上湿漉漉的，当我意识到冰凉的雨水打在我的身上之前，我的心里如一团乱麻，无法自控。我一直感觉有人在后面追我，只能不顾一切地往银座那边跑。

跑到尾张町左边的十字路口的时候，我朝新桥方向走去……实际上，我往哪里走完全无法受大脑的支配，意乱神迷地走着。人行道被雨水浇湿了，闪烁着路灯的光芒，映入我的双眼中。天气不好，但是路上还有很多人。有艺伎撑着雨伞从那边走过，还有穿着法兰绒衣服的年轻姑娘走过，还有电车和汽车在马路上行驶……

娜奥秘有多大的魅力能把那些学生迷得神魂颠倒呢？……这可能吗？可能，的确可能。最近，如果看到娜奥秘的样子的话，就肯定会这么想。实际上，我一直担心会发生这样的事情，只是有很多男人围着她转，我才没那么担心了。她还小，性格活泼开朗，就像她自己说"我是个男孩"，她喜欢和很多男生在一起，喜欢跟别人"瞎闹"，一副天真无邪的样子。如果她有这种想法，这么多人都看着的话，她也不至于太肆无忌惮了，再说了她肯定不会……我的"绝不会"的想法肯定不能有。

但是，这绝不会……看起来也绝不是真的。她虽然有些高傲，有些轻狂，但是人品还是端正的，行为高雅，我自己非常明白。但是，她虽然有时候表面上很看不起我，但还是感谢我从她十五岁开始就养育她的，她之前有很多次在床上泪流满面地跟我说，绝对不会背叛我，让我不要怀疑她。K 的话，或许就是公司里一些坏人故意嘲弄我的，如果真的那样就好了。……K 的亲戚是谁呢？那个学生知道与娜奥秘发生关系的就有两三个人。这两三个人又是谁呢？……浜田还是雄谷……我觉得就数他们两个人嫌疑最大了。但是，这两人怎么没有因为这个吵过架呢？他们俩不是单独来找娜奥秘，而是一起来找她，这又是什么意思呢？难道是为了掩人耳目吗？还是因为娜奥秘善于周转于两个人之间，才让他们没有怀疑彼此？不，比这些问题更重要的是，难道娜奥秘已经如此堕落了吗？如果她与他们两个发生过关系，那么还会和上次那样大家挤在一起睡觉的时候疯闹到近乎无耻的地步吗？如果那样的话，她的行为比娼妇还恶劣呢……

我不知不觉地走过了新桥，沿着池口大街，蹬着泥浆水一个劲往金杉桥的方向走去，发出啪叽啪叽的声音。雨下得很大，我的周围都是雨，水从雨伞上流下来将我的雨衣的肩胛打湿了。哦，大家在一起住的那天晚上也是下了这么大的雨。第一次在钻石咖啡馆的桌边跟娜奥秘表白的时候，虽然是春天，但是当天也下这么大的雨。想起来这些，自己一个人在这滂沱大雨中浑身被淋成了落汤鸡，难道又有人趁机去了我大森的家中？难道今天晚上又得一起住吗？我开始怀疑，我的眼前又一次浮现出浜田和雄谷一边一个将娜奥秘夹在中间，一个劲说着淫荡的话的那种场景。

“对啊，不能再磨叽了！”

想到这里，我加快速度朝田町车站跑了过去。一分钟、两分钟、三分钟……终于在第三分钟的时候，电车进站了，我经历了最漫长的三分钟。

娜奥秘啊娜奥秘！我为什么今天将她一个人留在家里呢？她不能不在我身边，这是最糟糕的事情。我暗暗祈祷：只要看到她的脸，我肯定就不那么着急了；只要听到她那豁达开朗的声音，看到她纯洁无瑕的眼睛，我就不会再对她有一丝怀疑了。

　　但是，如果她还是要求住在一起的话，怎么办呢？我以后该怎么对待她，该怎么对待追随她的浜田和雄谷等乌合之众呢？我是否应该态度坚决地好好管教她，就算让她生气也在所不惜。如果这样的话，她乖乖听话也就罢了，但是如果她不听话怎么办呢？不，不会的。我告诉她："今天我让公司里的人羞辱了一番，所以以后要小心谨慎，不然别人会误会的。"这不同于其他的情况，这也跟她的清誉有关，也许她会听我的话。如果她执迷不悟，不顾自己的清誉和别人是否误解的话，那就有嫌疑了，如此一来 K 说的都是真的。如果……啊，事情果真如此……

　　我尽量让自己冷静下来，坦然地想想最糟糕的情况。如果她欺骗我的事情暴露之后，我该原谅她吗？实话实说，我已经没她不行了。她的堕落有一半的原因是我造成的。如果她能悔改的话，能痛改前非，我肯定不会多么责备她的，因为我再也没有资格责备她了。但是，如果她执迷不悟，我倒是挺担心，特别是她对我格外强硬，如果证据确凿她还是不肯跟我低头认错的话该怎么办。就算是当时跟我认错了，但是如果她以后还是坚决不改的话，自己能忍一次，难道还要再犯同样的错误吗？结果是，如果大家都意气用事，不肯罢休，那么会不会导致我们分开呢？我最害怕跟她分开。说得直接一点，跟她的贞洁相比的话，我更不想跟她分开。我在了解情况指责她或者劝诫她之前，一定要先摸清楚怎么办。她说"既然如此，我走了"，我随口就说"随便"，只要能这样才可以……

　　只是，我很清楚，娜奥秘在这方面也有一样的缺点。因为她只有和我在一起的时候才会肆无忌惮地挥霍，如果我将她赶出家门的话，她只能回到狭小邋遢的千束町的娘家，没有别的去处。

如果真到了这种地步的话，她只能去卖笑了，不然谁还会追捧她呢？之前的时候，我实在无法忍受她的任性妄为的时候，浜田和雄谷或许会收留她，但是她肯定知道，他们俩都是学生，不可能给到她我给她的那种奢华生活。这么想想的话，也许让她体验一下奢华的生活未免是个坏事。

还有，娜奥秘那次学英语的时候撕掉了笔记本，我非常生气，让她"滚出去"，她不是认怂了吗？那个时候，如果她真走了的话，我不知道我多懊悔。但是，她肯定比我还难堪，我给了她保障，如果她离开我的话，她肯定会堕落到社会的底层，将永无出头之日了，她肯定最害怕那样了，肯定和现在的恐惧没什么区别。她今年已经十九岁了，年龄增长的过程中，多多少少懂得了怎么去明辨是非，应该更清楚这些。所以，如果她拿"我走"威胁我的话，也不一定是真的要走。她可能会明白，这种假惺惺的威胁无法吓到我……

我在电车到达大森站之前已经有了一点勇气了。无论发生什么事情，我都不会跟她分开的，我确信。

走到家门跟前，我看到的一切跟我想象的完全不一样。画室里没有任何客人。屋子里一片漆黑，一片寂静，只有阁楼上的四铺半席的小屋里有灯光。

"啊，她一个人啊——"

我提着的心终于落地了，发自内心地觉得"这样就很好，我太幸福了"。

我用钥匙打开了玄关处的房门，进屋之后就立刻将画室中的电灯打开，虽然房间内还是乱七八糟的，但是没看到有客人来过的痕迹。

"小娜，我……回来了……"

她没有回答。我上楼了，只看到她一个人睡在小房间里，她之前经常这么做，不管是白天还是晚上，只要是无聊的时候，她就会钻到被窝里看小说，然后就自然而然地睡着了。我看到她纯真的睡脸，更放心了。

她会骗我吗？可能吗？……难道是眼前这个睡得很坦然的女人吗？

为了不打搅她睡觉，我屏住呼吸，静静地坐在她的枕头边看着她的脸。我想起了小时候听说的一个故事：从前，有狐狸变成了美丽的姑娘，欺骗男人，但是睡着了之后那只狐狸现了原形，结果她身上的画皮被扒去了。娜奥秘睡姿不雅，衣服完全敞开着，领子夹在两腿之间，露出乳房，一直胳膊支撑着，手指放在胸脯上，就好像柔软的枝条一样，另一只手伸向我坐着的膝盖边，很柔美的样子。她的头朝伸手的那一侧歪着，就好像快要从枕头上掉下来了。有一本打开的书籍放在鼻子旁边，书名叫《该隐的末裔》，娜奥秘称那本书的作者有岛武郎为"当今文坛最杰出的作家"。我一会儿看看这装订粗糙的书本中雪白的进口纸，一会儿看看她白皙的酥胸。

她的肤色跟随天气发生变化，有时候有点黄，有时候又很白皙，睡得正香的时候和刚起床的时候，皮肤分外清晰明亮，就好像是在睡觉的时候，油脂都退掉了一般，非常清爽。通常说，"夜晚"意味着"黑暗"，但是我经常一想到夜晚的时候就无法不联想到娜奥秘的白皙皮肤，这不同于白天的时候随处可见的光明，而是脏不啦唧的棉被和脏兮兮的衣服包裹着的"纯白"，所以这让我更着迷。我就这样死盯着她，灯光的背阴处可以看到她的胸如同蓝色的水底下浮现出来似的那么鲜明。她醒着的时候很快乐，很开心，表情丰富，突然非常忧郁，皱着眉毛，有点神秘，就好像是让别人灌了很苦的药，将脖子掐住一样。我喜欢她的这种睡觉中的脸，经常对她说："你睡觉的时候好像是变了一个人，好像是在做噩梦。"我还经常认为，她死了的样子也一定很好看。婀娜多姿的娜奥秘，就算真的是一只狐狸，我也心甘情愿被迷倒。

我大概静静地坐了半个小时，她的手伸向灯罩光亮的地方，手掌朝上，就好像是绽放的花朵那么柔软地攥着，我能够清楚地看到她手上的青筋在跳动。

"你什么时候回来的？……"她的呼吸本来很均匀的，后来不规则了，她终于睁开眼睛了，脸上还有一丝忧郁……

"刚才……刚回来没多久。"

"你怎么不把我叫醒呢？"

"叫过了，你没醒，我想让你继续睡。"

"你坐在那里干什么呢？看我睡觉的样子吗？"

"是啊。"

"呵呵，真奇怪。"她如孩童般天真地笑了，将手伸出来放在我的膝盖上。

"我今天晚上自己一个人，很无聊！我想可能有人会来玩的，但是没有人来……小爸爸，睡吧？"

"睡觉也可以……"

"来，睡吧……那就睡吧，差点儿让蚊子咬死了。你看看！帮我挠痒痒吧……"我帮她在手背和后背上挠痒痒。

"啊，谢谢！太痒了，受不了了。对不起啊，能将我的睡衣拿来吗？帮我换上睡衣吧。"

我将睡衣拿过来，将平躺着的她抱起来，帮她解开衣服换上睡衣。她故意装睡，身上软乎乎的，就好像尸体一样没有力气。

"挂上蚊帐，小爸爸也早睡吧……"

十四

我们当天晚上在枕头边上说的悄悄话就不在这里细说了。我把我在精养轩遇到的情况跟她说了一下，她破口大骂："扯犊子，他们算什么东西！"然后就一笑了之。她觉得，不管怎么说，现在社会上还是不太能理解交谊舞，只是看到男男女女的牵着手一起跳舞就觉得他们的关系不正经，所以就有很多流言蜚语，还有就是有些诋毁新时代的潮流的报刊也在兴风作浪，随意污蔑别人，不负责任，一般的大众肯定认为跳舞是很不健康的行为。所以，我们就得时刻准备着别人在背后说三道四的。

"除了你，我并没有与其他男性单独相处过！……你说是吧？"

"和你一起去跳舞，在家里又和你一起玩耍，就算一个人在家里留守，也没有人来。如果有客人自己来的话，我肯定会跟他说'只有我自己在家'，他们一般为了避嫌就走了。我的异性朋友没有不懂礼貌的。"她这么说，"就算我再任性，我也分得清好赖。如果我想欺骗你的话也不是不可能，但是我肯定不会那么做。我做事光明磊落，不会欺骗你的。"

"我知道。只是别人那么说我，我心情很不好。"

"心情很不好，你想怎么办？难不成以后不去跳舞了吗？"

"去跳舞也可以，我是说以后我们还是要小心点好了，尽量别让别人误会。"

"我现在不就是听你的，跟人交往的时候很注意吗？"

"所以我不会误解你啊。"

"只要你不误解我就行了，我管别人怎么说呢，我才不怕呢！我就是这么蛮横无理，说话夹枪带棒的，所以别人才会对我怀恨在心……"

她接着用伤感的撒娇的语气一个劲地在说：只要我信任她、爱她就够了；自己生来就不像个女孩子，所以有很多男孩子朋友，再说了自己喜欢男孩的豪爽，所以特别喜欢跟男孩子玩，但是并没有过要跟他们谈恋爱的想法；她最后还重复了"不敢忘记十五岁开始的养育之恩"，"我认为让治既是我的父亲又是我的丈夫"这些老生常谈。说着说着，她就哭了，让我帮着擦眼泪，紧接着，就开始使劲亲我，她的吻就跟雨点似的洒下来。

但是，讲了这么多，她竟然没有提浜田和雄谷，不知道她是故意的还是没有意识的。实话实说，我挺希望她提一下这两人的名字，然后再看看她脸上有什么表情，但是她始终都没有提起过。显然，我并不是完全相信她，只是，如果怀疑的话什么事都可以怀疑，现在没有必要翻旧账了，以后多注意，多看着点就行了……哎呀，本来我就想采取点强硬的态度对待她的，但是她哭了还有问了我之后，我就开始心软了，我听到缠绵的话语和低声哭泣的声音之后，虽然还是感觉我有可能被骗了，但我还是感觉她的话是真的。

从此之后，我就默默地观察她的一举一动，她好像也在一点一点地改变自己曾经的生活态度。她还会去跳舞，但频率已经没之前那么高了。在舞厅里也不会尽情跳，差不多就回来了。家里也不经常来客人了，我从公司下班之后回来，她总是一个人乖乖地在家，要么看看小说，要么打打毛衣，要不就是安静地听着留声机的音乐，或者在花坛里摆弄一下花花草草。

"今天又一个人在家里啊？"

"是的，一个人，没有人来玩。"

"不冷清吗？"

"一开始就是一个人的，没觉得冷清，我不介意。"她接着又说，"我喜欢热闹，但是也不讨厌冷清。小时候就经常一个人玩，没啥朋友。"

"是啊，如此一说，你之前还真是这样的性格。在钻石咖啡馆的那段时间，你不怎么跟其他打工的说话，有点孤独。"

"没错。我虽然看起来很疯，但是实际上很孤独。……性格孤独不好吗？"

"温顺一点憨厚一点就行，不要忧郁。"

"你是说像前段时间那样疯闹才好吗？"

"我说不清楚会好多少。"

"我现在成为一个好孩子了吧？"

她突然扑过来，两只手将我的脖子紧紧地搂住了，使劲猛亲，把我亲得两眼发黑了。

"怎么办，很长时间没跳舞了，今天晚上去跳舞吧？"我主动问。

"怎么都行……你想去的话……"

她皱着眉头，含含糊糊地回答，然后说：

"要不去看电影吧，我今天晚上不想去跳舞。"

我们俩又有了四五年前那种单纯快乐的日子。我们每天出双入对地去浅草看电影，回来的时候在饭店一边吃晚饭一边缅怀过去的事情，"那时候就是这样的""就是那样的"，两个人都沉浸在甜美的回忆当中。

"你那时候个子矮，在帝国剧院的栏杆上面坐着，抓着我的肩膀看电影呢。"我说。

她回答："你第一次来咖啡馆的时候，表情严肃，默不作声，只是从远处盯着我的脸，我有点儿害怕。"

"对了，这段时间，小爸爸没有帮我洗澡，之前的时候你不是经常给我洗澡吗？"

"嗯，是啊。是这样的。"

"什么是'是这样的'啊！以后不给我洗了吗？是否因为我长大了，你就不想帮我洗澡了？"

"怎么会呢，现在就想帮你洗澡，只是有点不好意思了。"

"是吗？那你帮我洗澡吧。我又成为小孩子了。"

说完这些之后，正好到了该冲凉的时候了，我再次将放在储藏室角落里的西式澡盆搬到了画室中，我帮她洗澡。"大小囡"，之前我是这么叫过她的，现在过了四年了，她的身材高大，丰满，她躺在澡盆里，已经成了一个真正的"大人"，她的浓密的头发散开之后就好像夏天下雷阵雨之前的乱云。她的身体光滑圆润，各个关节都有"酒窝"，她的肩膀厚实，胸部和臀部的曲线高高地隆起来，富有弹性，她的双腿很优雅，看上去更加颀长了……

"让治啊，我长高了点吧？"

"哎，当然了，最近和我一样高了。"

"我很快就超过你了。上次称体重的时候，我有五十三公斤了。"

"哦，我还不到六十公斤呢。"

"你比我矮，竟然比我重？"

"那当然了，我虽然个子矮，但是男人的筋骨结实啊。"

"那么，让治还敢让我当马骑吗？——刚来的时候，我经常骑的。还有，我在你背上的时候，将手巾当缰绳，吆喝着'驾、驾，吁'，你在屋子里到处乱爬……"

"嗯，你那时候也就四十五公斤左右吧？"

"现在，让治被我压垮了吧。"

"怎么会呢？不信你就来骑骑看。"

我们两个人有说有笑的，最后又跟以前一样开始玩骑马的游戏。

"好，我成马了。"我一边说着，一边开始用四肢爬起来，五十三公斤的娜奥秘一下子就骑到我的背上，让我咬住她的手巾当缰绳，"看，这匹小种马，走起来摇晃不定。使劲，驾、驾，吁——"她一边叫着，一边用脚夹紧我的腹部，不断拽一下缰绳。为了不让她压垮，我努力撑住，我在屋子里爬了一圈又一圈，浑身被汗水湿透了。她看我筋疲力尽，实在是撑不下去了，但是还没有罢休的样子。

"让治啊，好长时间没有去镰仓了，今年夏天去一次行吧？"娜奥秘每年的八月份都会嚷嚷："上次之后我就再也没有去过了，好想去看看。"

"是啊，真的是再也没有去过了。"

"对啊，今年就去镰仓吧，我最怀念那个地方了。"

她这么一说我太高兴了，就像她说的，我们所谓的蜜月之旅的确是在镰仓，那里对我们来说就是最值得怀念的地方。从那之后，我们每年都会去外地避暑，但是竟然忘了镰仓。她的提议太好了！

"去，一定去！"我当机立断表示赞同。

商量好了之后，我就跟公司请了十天假，将大森的家门锁上，

115

然后两个人在月初就去了镰仓，我们在长谷路上一个通向皇室别
墅方向的独立房屋中借住，那是一个名叫"植总"的花匠的房子。

我本来是想这次不去金波楼住了，尽量找一个服务好、精装
修的旅馆。但是，没想到她告诉我可以在这个花匠的独立住房里
面租住，所以最后还是在这里借住了。"杉崎女士告诉我们的，
这里很适合我们住。"她说住宾馆不划算，也无法和周围的客人
很好地相处，如果能够在单独住处里面住再好不过了。很幸运，
杉崎女士的亲戚是东洋石油公司的董事，他租下了这栋房子，但
是平常不用，所以借给我们住，那样不是很好吗？这个董事租了
六月份、七月份、八月份这三个月，租金是五百元，但是到七月
底的时候他就不想住了，如果有人想借的话，他也乐意。她还说，
只要有杉崎女士在中间给说说情，算不算房租都不要紧。

娜奥秘说："去哪里找这么好的事情呢，不用花钱还可以住
一个月。"

"但是我要回去上班啊，怎么能那么久呢。"

"你可以每天从镰仓坐火车上下班啊，你觉得呢？"

"还是先看看你是否对那里满意吧……"

"好，我明天就去。如果满意的话，能定下来吗？"

"可以啊。不过我可不想白住，还是要好好跟人家说说……"

"我知道。让治很忙，我认为可以就去找杉崎老师了，说我
们要付租金，可以付一百或者一百五十元吧。……"

她就这样很顺利地谈妥，租金为一百元，并且将钱付了。

我挺担心房子的状况，但是到了之后一看，我感觉比想象中
的更好。虽然是租来的房子，但那是一个独立的平房，跟主房分
开了，里面有个八铺席的房间和一个四铺半席的房间，除此之外，
还有大门、浴室和厨房，出入口也在别的地方，与主房是分开的。

可以从院子里直达马路，不会跟花匠的家庭成员相遇。这么看的话，我们就要在这里建个新家了，我很悠闲地盘着腿坐在新的榻榻米上面，看着长方形的火钵，非常开心，很难看到这种纯日式的屋内摆设了。

"嗨，这里真好，太开心了！"

"好房子吧，跟大森的家比起来，哪个好呢？"

"这里更舒服，住多久都可以啊。"

"你看看，所以我就想来这里啊。"她很得意地说。

有一天，可能是我们来这里三天之后，我们在中午的时候去海边游泳了，一个小时之后我们俩在沙滩上躺着休息。

"娜奥秘小姐！"突然有人朝我们喊。

看了一下，原来是雄谷，他好像是刚从海里上岸，泳衣还沾满了水，贴在胸口，海水沿着他长满毛的小腿往下滴落。

"哎呀，是阿雄啊。你什么时候来的？"

"今天来的……我想肯定是你，果然不出所料。"

雄谷朝海里挥了挥手，大声喊道："喂——"

海面上有人回应："喂——"

"谁在那边游泳啊？"

"浜田！……浜田、阿关和中村，我们四个人今天来的。"

"呵，真热闹啊。你们在哪里住呢？"

"什么啊，要不是太热了受不了，才来这里泡泡，谁有这么好的雅兴？我们今天就回去。"

娜奥秘正在和他说话，这时候浜田也上岸了。

"你好，好久不见，久违了！……河合先生，怎么了，最近怎么没来跳舞呢？"

"也不是，娜奥秘说不想跳了。"

痴 人 之 爱
ちじんのあい

"是吗，怎么能这样……你们什么时候来的？"

"两三天之前就来了，我们在长谷花匠的一座独立屋中借住。"

"杉崎老师给我们介绍的，那房子很好，我们想租到月底呢。"

"很有情调啊。"雄谷说。

"你们会在这里住一段时间吗？"浜田说，"镰仓也有舞厅，今天晚上海滨饭店里有舞会，如果有舞伴的话，我也想去。"

"我就不去了。"娜奥秘冷漠地拒绝了，"天太热了怎么跳舞！天气转凉之后再说吧。"

"有道理，夏天去跳舞不合适。"浜田说完，突然有种矫揉造作的样子，"我说阿雄啊，再游一圈可以吧？"

"不去了，我有点累了，走吧。先休息一会儿，到东京的话天就快黑了。"

"是'去'休息，要去哪里休息呢？"娜奥秘问浜田，"有什么好玩的吗？"

"哪里，阿关叔叔的别墅在扇谷，他邀请我们一起去吃饭。但是吃饭太拘谨了，我想还是不吃饭了，先走了。"

"是吗，很拘谨吗？"

"拘谨，拘谨，女佣出来了，要跪在地上磕头行大礼，太累了，看着那个样子还能吃得下美食吗？……行啦，浜田，还是赶紧回去吧，到东京吃什么都行。"

虽然这么说，但是雄谷并没马上走，他将双腿伸直牢牢地坐在沙滩上，抓起沙子撒在自己的膝盖上面。

"要不跟我们一起吃晚饭吧，都碰到一块儿了……"

娜奥秘、浜田和雄谷默不作声，我感觉我自己如果不邀请他们的话说不过去了。

十五

那天晚上，我们一起吃晚饭，好久没有这么热闹过了。浜田和雄谷还有后来的阿关和中村，我们主宾六个人一起围着矮桌坐着，聊天聊到了晚上十点。刚开始的时候，我讨厌这几个人，害怕他们会将这次租住的屋子糟蹋了，但是偶尔跟他们在一起，感觉到他们活力十足、豪爽、坦然、无拘无束的，富有青春气息，所以我并没有感到不开心。娜奥秘也很亲切、和蔼，她举止端庄得体，待人接物和助兴的时候都能很好地掌握分寸，让人很满意。

"今夜聊天很开心，抽空见见他们也不错。"

我和娜奥秘到车站送他们回东京，他们乘坐末班电车走了后，我们俩牵着手在马路上边走边聊天，这是夏天的夜晚，天空中繁星点点，还有海边凉爽的习习微风吹拂着，这是一个很美好的夜晚。

"是吗，真如此有趣吗？"

她的语气好像是为我开心感到高兴，她思索片刻之后说："见的次数多了的话，就看出来他们并不坏。"

"是啊，他们的确不坏。"

"只是，不知道他们最近是不是又要来我们这里呢。阿关的叔叔的别墅在这边，他们曾说以后常来玩。"

"不知道怎么说，不过他们应该不会随便到我们这里来吧……"

"偶尔来一下还行，要是经常来谁能忍！如果他们下回再来的话，就别对他们那么客气了，不要让他们在这里吃饭了，时间差不多的话就让他们走吧。"

"但是也不至于撵人家吧……"

"这有什么啊，我来说：你们来这里诸多不便，还是请回去吧……这样说不行吗？"

"哼，雄谷肯定又会笑话你的。"

"我不怕他笑话，我们专程来镰仓度假的，他们来打扰我们本来就是他们的不对……"

我们俩走到了松树底下，这里一片漆黑，她静静地站在那里。"让治。"她温柔甜蜜地跟我说，就好像是在跟我倾诉。我知道她想干什么，默默地用双手将她搂在我怀里，火急火燎地去亲她热乎乎的嘴唇，就好像在使劲吞咽海水似的……

十天假期转瞬即逝，我们还在幸福之中不能自拔呢。根据一开始的计划，我每天都要从镰仓去公司上班。阿关他们几个说是要常来的，但是一周之后才来了一次，也没怎么看到他们。

月底的时候，公司里需要我去处理一件紧急调查的事件，所以我回家就比平常晚了些。我一般是七点之前就到家了，然后跟娜奥秘一起吃晚饭。但是这几天每天都要在公司加班到九点，回家的时候已经十一点多了，大概需要按这个时间加五六天的班。

第四天晚上，我本来是计划加班到九点的，结果提前完成了任务，我八点左右就离开公司了。我和往常一样，从大井町坐国营省线电车到横滨下车，然后再换乘火车到镰仓下车，那时候还不到十点。我每天连续加班，也只不过才加了三四天，这几天回家都比较晚，我想早点回家看娜奥秘，然后跟她开心地一起吃晚饭。

我归心似箭，于是在火车站前坐了一辆人力车沿着皇室别墅方向的路跑去。

当时是盛夏，酷暑难耐的季节，我在公司里忙活了一整天了，在回家的路上在火车里一路颠簸，此时此刻吹着海边夜晚的风让我觉得很柔和清爽。我并不是只有晚上才有这种感觉，今天傍晚时分刚下完一场阵雨，草被雨水淋湿了，松树枝头还往下滴水，它们散发出水蒸气，让人感到沁人心脾的湿润的芳香。眼前经常可以看到发光的水塘，沙子路已经干了，很干净，没有一点灰尘。人力车夫的脚步轻轻地落在地面上，发出啪啪的声音，就好像在平整的泥地上行走一样。留声机的音乐声从一栋别墅的绿树围墙中传出来，两个身穿白色浴衣的人影在不停晃动，心中油然升起一种在避暑胜地度假的感觉。

人力车停在了大门口，我下了车，穿过院子朝屋子的廊檐方向走。我特别想让娜奥秘听见我的脚步声之后就马上从廊边的纸槅门来迎接我。但是纸槅门中房间里亮着灯，没有动静，没看到娜奥秘的影子。

"小娜……"

我喊了两三下，并没有回应。我打开廊边的纸槅门，房子里没有人。墙壁、格子门和壁龛随意挂着泳衣、毛巾和浴衣之类的东西。茶具、烟灰缸和棉坐垫都还没来得及收拾，客厅里面还是和平常一样乱七八糟的。只是，屋子里太安静了，作为恋爱中的人，我潜意识里感觉到她肯定不是刚走的。

"去哪里了呢？……想必是两三个小时之前就走了……"

我还是看了一下厕所、洗澡间，并且到厨房里打开盥洗处的灯确认了一下。水槽里放着残羹剩饭，还有喝完的一升装的大酒瓶，用来盛正宗日本清酒的，不知道这些是谁弄的，此外，烟灰缸里还有很多烟蒂，他们肯定来过了……

我去花匠的主房里问了一下女主人："太太，娜奥秘好像不在家，您知道她去哪里了吗？"

"啊，您问小姐啊……"

花匠的太太称呼娜奥秘"小姐"。我们虽然是两口子，但是娜奥秘希望其他人将我们看成是同居的情侣或者订了婚的夫妇，如果不喊她"小姐"她就不开心。

"她傍晚回来过一次，晚饭后又和大家一起走了。"

"大家是谁？"

"这……"房东太太含糊其词，"雄谷少爷和其他人……"

房东太太称呼"雄谷少爷"，听起来有点儿别扭，不知她是怎么知道雄谷的名字的。但是我当时顾不上问这些问题。

"您说她傍晚的时候回来过，白天他们也在一起吗？"

"她一个人在下午去海边游泳，然后就和雄谷少爷等人一起回来了……"

"她和雄谷两个人吗？"

"是的……"

实际上，我当时还没那么紧张。只是，房东太太说话吞吞吐吐的，表情很奇怪，非常不自然，所以让我有点不安。我不想让她看清我的表情，但是我说话的时候就有点着急了。

"如此说来，她不是跟大家一起的啊？"

"是的，当时是他们俩，他们说今天白天在饭店里举行舞会，所以就走了……"

"然后呢？"

"后来傍晚时分和大家一起回来的。"

"一起跟大家吃的晚饭吗？"

"是的，可热闹啦……"房东太太说着，看着我的眼神略有所思，一边苦笑着。

"吃完饭走的时候大概是什么时候？"

"嗯，可能是八点多点吧……"

"那，已经两个小时了吧。"我情不自禁地脱口而出，"他们在饭店吗？太太，听说了吗？"

"我不清楚，有没有可能在别墅啊……"

有道理，我想起来他们之前说阿关的叔叔在扇谷那边有栋别墅。

"啊，去别墅了啊。我去接她吧。太太您知道别墅在哪个方向吗？"

"在附近的长谷海边……"

"是，是长谷吗？我听说是在扇谷……娜奥秘的朋友阿关跟我说的，不知道他今天晚上来了吗，他的叔叔的别墅……"

我这么一说，她脸上有一丝惊讶的表情。

"不是那栋别墅吗？……"

"哎……哪个吗……"

"您说的长谷的别墅是谁的？"

"那……是雄谷的亲戚的……"

"是雄谷的……"

我突然铁青着脸。

房东太太说，从停车场沿着长谷大街往左拐，然后沿着海滨饭店前的路直行，这条路直通海边。在路的尽头的一个角落里，那座大久保别墅就是雄谷亲戚家的。我第一次听说这件事，娜奥秘和雄谷两个人从未对我提起过此事。

"娜奥秘经常去那座别墅吗？"

"哎……怎么说呢……"她的眼神里有一丝恐慌，还是被我捕捉到了。

"当然了，今天晚上不是第一次了吧？"

我开始呼吸加快，说话的声音有点颤抖了，我开始控制不了自己了。我气呼呼的表情吓到房东太太了，她脸色有点发白。

"您放心吧，我不会连累您的，您只管跟我说吧。昨天晚上怎么了？也出去了吗？"

"是的……昨天晚上也出去了……"

"前天晚上呢？"

"嗯。"

"也出去了吧？"

"是的。"

"大前天呢？"

"是的，大前天也……"

"我从开始加班的时候起，她就每天晚上都出去吧？"

"哎……我也记不清楚了……"

"她几点钟回家呢？"

"大概几点呢……接近十一点吧……"

他们两个原来从一开始就联合起来欺骗我，怪不得娜奥秘想到镰仓来呢！——我的脑子一片凌乱，娜奥秘前段时间的言谈举止快速从我脑海中掠过。突然，他们骗我的伎俩暴露了，我这种单纯的人简直是无法想象这里面的复杂性，他们谎话连篇，蓄谋已久，还不知道有多少人参与了这个阴谋呢。我好像从一个安全平坦的地面上一下子被人推到了深不见底的陷阱中，在陷阱里用羡慕的目光看着娜奥秘和雄谷、浜田还有阿关等人狂笑着走过。

"太太，我马上要出去，如果找不到她，她先回家的话，请先别跟她说我回来过，我有自己的打算。"我说完就飞奔到外面了。

我根据房东太太告诉我的路线，来到海滨饭店之前尽量在黑暗的地方走。路两边都是联排别墅，晚上很安静，路上没有多少人，好在到处都比较昏暗。我借着门口的灯光，掏出表看了一下时间，刚十点多一点。不知道娜奥秘是和雄谷两个人待在大久保的别墅里还是和那群人一起在疯闹呢？不管怎么样，我都要去看个究竟。如果可能的话，我最好是偷偷掌握证据不被他们发现，然后看看他们怎么跟我狡辩呢。我想，我只能用这种方式，狠狠地准确地将他们一网打尽。所以，我加快了步伐。

我很快就找到了那座别墅了，我在别墅前面的路上来回踱步，偷看里面的布局。这座别墅的石头大门非常气派，里面有茂密的树丛，中间有一条小石子路可以直达别墅大门的玄关。不管是古色古香的"大久保别墅"的牌子还是在这宽敞院子里的石墙上的青苔，无不使人觉得与其说这里是别墅，倒不如说是有了年岁的公馆。雄谷竟然有这种亲戚，拥有如此奢华的别墅，我感到很吃惊。

我悄悄地走进了大门，尽量避免脚在碎石路上踩着时发出动静。因为树木比较茂盛，我一时半会儿没法找到主屋的位置。走近一看，很奇怪，大门和边门、底楼和二楼上的门窗都关紧了，所有的房间看上去都很安静，一片漆黑。

"奇怪！难道雄谷的房间在后面？"

我思索了片刻，然后又蹑手蹑脚地沿着主屋朝别墅后面绕过去，果然不出我所料，二楼上有一间屋子里和下面的厨房入口处有灯光。

那把曼陀林靠在廊檐的栏杆边上，所以我一看就知道二楼是雄谷的房间，我之前看到过那顶托斯卡纳礼帽在房间的立柱上挂着的。窗户是敞开的，里面没有一点动静，很显然里面没人。

再看看，厨房也敞着门，好像刚才有人从那里走了。凭借那里洒向地面的一点微弱的灯光，我看到四五米的前面有个后门，门上没有门扇，只有两根老门柱。从门柱中间看，只看到由比浜的海滩上，一条条明显的白线，都是由夜晚的海浪溅起的浪花产生的，还能闻到扑面而来的浓烈的海潮腥味。

"他们肯定是从这里走了。"我在从后门往海岸边走的时候，确切地听到了娜奥秘的声音就在附近。我刚才没有听到她的声音，可能是因为风向的缘故。……

"喂，鞋里进沙了，没法走了！谁来给我弄掉沙子呢？……阿雄，你帮我脱鞋吧！"

"讨厌，我又不是你的奴隶。"

"你这么说的话，我以后就不疼你了！……还是阿浜热心……谢谢，谢谢！还是阿浜好，我最喜欢阿浜了！"

"妈的，你觉得谁好就欺负谁啊！"

"啊哈哈哈哈！不要啊，阿浜为什么这么挠我的脚心啊，痒！"

"再趁机舔舔的话就成小爸爸了！"

阿关在说话，四五个男人紧接着哄堂大笑了。

我正好站在一个沙丘形成的斜坡上，我正在往下慢慢斜着移动，那边有个小茶馆，是用芦帘搭起来的，他们的声音就来自那边。我距离小茶馆不到十米。我从公司下班回来的时候还穿着一套茶色的骆花呢西服，我将领子竖起来，将所有的扣子都扣上，就是为了遮挡里面彩色的衬衣，我还将麦秸的草帽藏到腋窝底下，然后弯着腰匍匐着朝小屋后面的水井后边跑过去了。

娜奥秘突然说："好啦，我们去那边看看吧。"他们于是就一起去了。他们没有看到我，从屋子前面走下海浪拍打的海岸。浜田、雄谷、阿关和中村这四个男人穿着和式泳衣，娜奥秘夹在中间，穿着黑色的斗篷，还穿了一双高跟鞋。她来镰仓的时候没有带斗篷和高跟鞋，肯定是找别人借的。海边的风比较大，风吹翻了斗篷的底襟，啪啪啪地响着。她从里面用两只手使劲抓着斗篷，将自己的身体裹住，每走一步，她的圆润的大屁股都会在斗篷里面扭来扭去的，就好像是喝醉了，肩膀还经常撞到两边的男人身上，故意弄出歪三扭四的样子。

我一直都在弯着腰，屏住呼吸，与他们保持大概五十米的距离，当在远处看不太清楚他们白色的泳衣时，我就赶快站起来往前挪几步，一直就这么跟着他们。一开始的时候，还想他们去海边堆放木材的地方，但是他们走到半路就逐渐朝左偏了，他们想翻过市中心方向的那座沙山。当沙山将他们的身影完全挡住的时候，我就快速往沙山的方向冲，我知道要去通往别墅的那条昏暗的小路，那里有茂密的松林，那边是最好的藏身的地方。这样的话，我就可以离他们更近一点也不会暴露。

下了沙山之后，我就听到他们在愉快地歌唱。这没什么好奇怪的，他们本来就离我只有五六步远，他们一边打着节拍，一边一起唱歌。

Just before the battle, mother,

I am thinking most of you⋯

（这句话的意思是：就在战争开始之前，妈妈，我最想念的人是您⋯⋯）

娜奥秘经常唱这首歌。雄谷走在最前面，就好像是拿着指挥棒一般舞动双手，娜奥秘还是歪三扭四地往前走，脚步有些跟跄，被她撞的男人也东倒西歪的趔趔趄趄地往前走，就跟划着摇晃的小船一般。

"呀呼嘿，嗨呦！⋯⋯呀呼嘿，嗨呦！"

"嗨，你为什么这么用劲啊，我都要撞墙了！"

有人用手杖敲打着围墙，发出啪嗒啪嗒的声音，娜奥秘咯咯咯地笑着。

"来，这是霍尼卡、呜哇、维克、维克！"

"来吧，这是夏威夷的扭臀舞，我们一边唱一边扭屁股吧！"

"霍尼卡、呜哇、维克、维克！可爱的黑姑娘啊，请你告诉我……"他们一起在扭屁股。

"啊哈哈哈哈，阿关扭得最好！"

"当然了，我专门研究过的。"

"在哪里？"

"在上野的和平博览会。嗨，你们在万国馆看过土著跳舞吗？我去看了十天啊。"

"你真够傻的。"

"你也应该去看看的，你长这个样子，肯定会被当作土著的！"

"喂，阿雄，几点了？"浜田问，他没有喝酒，但是最不靠谱。

"嗨，几点了？没有戴表的吗？"

"嗯，我带了。"中村说着，将火柴划着了。

"哎，十点二十分。"

"没事的，还不到十一点，小爸爸肯定还没回来。现在去长谷路上转悠一圈就回去了。我想穿这身衣服到热闹的地方去转转。"

"可以，可以！"阿关大声喊道。

"不过，你穿这样在大街上走，别人会怎么看呢？"

"不管怎么说都像是个女头头。"

"我是女头头，那你们全归我管。"

"是盗贼啊。"

"那我就是弁天小僧了？"

"是啊，女头头河合娜奥秘……"雄谷的声音就像是无声电影里面的解说员。

她说："趁着夜色，裹着黑色的斗篷……"

"呵呵呵，行了，这声音听起来真下流！"

"亲自带领四个恶棍，打由比浜的海岸……"

"不让你说，你偏说！"娜奥秘打了雄谷一巴掌，发出"啪"的声音。

"啊，疼……我的真实的声音就是卑鄙下流的声音。我不能当浪花曲的曲艺演员真的是太可惜了！"

"但是，玛丽·碧克馥不能当女头头哦。"

"谁啊？普利西拉·迪安吗？"

"是的，没错，就是普利西拉·迪安。"

"啦、啦、啦、啦——"浜田又唱舞曲又跳舞的。我看他伴着舞步要转身了，我赶紧躲到树阴里面了，这个时候，浜田"哦呀"叫了起来。

"谁啊？不是河合先生吗？"

大家突然安静了，纹丝不动地站着，回头看看夜幕笼罩中的我。我想"坏了"，但是这时候已经晚了。

"小爸爸！是小爸爸吗？你在那边做什么呢？快点一起来玩吧。"

突然，娜奥秘走到我的跟前，她一副无所谓的样子，将斗篷啪的一下打开，然后将两只胳膊搭在我的肩膀上。我看了一下，她竟然光着身子裹着斗篷。

"你在干什么？真丢人！婊子！贱人！该死！"

"哎呀呵！"她笑着，喷出浓浓的酒味。我迄今为止从没有看她喝过酒。

十六

那天晚上和第二天，我用了两天质问她，倔强的娜奥秘终于开口了，她告诉我她欺骗我的情节。

如我所料，她来镰仓就是为了跟雄谷一起玩。阿关的亲戚在扇谷是纯属虚构的。长谷的大久保别墅就是雄谷叔叔的，还不止这些呢。我们现在借住的房子也是雄谷帮忙弄到手的，花匠家的人经常去大久保家，雄谷出面说的，不知道具体是怎么说的，结果就是让之前的租户退租了，然后我们去住了。当然了，这些事都是娜奥秘和雄谷商量的，她之前说的杉崎女士帮忙介绍，东洋石油的董事等全都是娜奥秘捏造的谎言，怪不得她一直都是亲自来处理呢。听花匠太太说，她第一次来看房的时候，就是雄谷少爷陪着来看的，当时她的表现就跟他们的家人似的，再说了之前也跟太太说过了，所以花匠家就只好赶走了之前的租户，然后将房子留给我们了。

"太太，这些事情太出乎意料了，给您添麻烦了，十分抱歉。请您告诉我您知道的一切好吧？不管怎么样，我是不会出卖您的。我也不会因此去责备雄谷，只是想知道事情的来龙去脉。"

我从来没有缺勤过，但是第二天，我还是跟公司请了假，严格看管娜奥秘，要求她不能离开家门半步，还将她的衣服、鞋袜和钱包都放到了房东的主房里面，再次跟房东太太打探情况。

"我不在家的时候，他们是不是很早就开始交往了？"

"是啊，一直都有来往，有时候是少爷过来，有时候是小姐出去……"

"到底是谁在大久保别墅里面住呢？"

"今年他们全家都回到本家居住了，所以有时候能够见面。但是，大部分情况下，都是雄谷少爷一个人在那边住。"

"雄谷的朋友呢？他们常来吗？"

"是的，常来。"

"雄谷带他们来的呢，还是他们自己来的？"

"这个嘛……"

——我后来才感觉到，当时房东太太为什么有很为难的表情。

"有时候自己来，有时候跟少爷一起来，不一定……"

"除了雄谷，谁还单独来呢？"

"浜田先生，其他几个也单独来过……"

"那样的情况下，他们是不是也会外出呢？"

"不会的，一般都是在家里闲聊。"

我最吃惊的就是这个了。如果娜奥秘和雄谷有不正当的关系，为什么还要让别人来当灯泡呢？他们当中的一个人单独来的话，为什么娜奥秘又和他聊天呢？如果他们对娜奥秘都有企图，为什么他们能够相处融洽而不吃醋呢？昨天晚上那四个男人竟然还能在一起有说有笑的，这么想想的话，我就更纳闷了。我心里一直有这么个疑问，娜奥秘和雄谷真的有不正当的男女关系吗？但是，在这个问题上，娜奥秘始终不肯松口，她一直都觉得自己没什么见不得人的秘密，只是喜欢和大家一起疯闹。但是问她为什么想方设法骗我的时候，她说：

"是小爸爸整天疑神疑鬼的，老是怀疑我。"

"你说说阿关的别墅是个什么情况呢？阿关的和雄谷的有何区别？"

我问了这个问题后，她瞬间哑口无言了，一直找不到合适的答案。她很快就将脑袋耷拉下去，一声不吭，死死地咬着嘴唇，瞪着我。

"你最怀疑的人是阿雄……如果说别墅是阿关的，你可能就没那么怀疑了吧。"

"别张口闭口就阿雄、阿雄的！他的名字不是叫雄谷吗？"

我受不了了，愤怒了。听到她喊"阿雄"，我就反胃。"喂，你跟雄谷发生过关系吗？说实话！"

"怎么可能呢？你这么怀疑我，有什么证据啊？"

"就算是没有证据，我也心中有数。"

"凭什么啊？……你怎么心中有数？"

很吃惊的是，娜奥秘的语气很平静，嘴角还流露出讪笑，真是让人生气。

"你们昨天晚上那种洋相是什么？你能解释清楚昨天晚上那种下三烂的恶行吗？"

"他们将我灌醉了，逼我的！……只不过是到街上去走走罢了。"

"别说了！你还觉得自己是清白的吗？"

"对，我是清白的！"

"你敢发誓吗？"

"敢，我发誓！"

"好啊，别忘了你的誓言！还是，我以后再也不相信你说的任何话了。"

后来，就没有理她。

我害怕她与雄谷通信，所以就将信笺、信封、墨水、铅笔、钢笔还有邮票等所有东西都没收了，将这些东西和她的行李一起放在花匠太太那里。为了不让她在我不在家的时候出门，我只给她留了一件红色的绉绸睡袍。第三天早上，我假装去公司上班，然后离开了镰仓。关于如何拿到证据，我在火车里想了很久。最终，我还是决定先去大森家中看看，那里空着已经一个月了。如果她和雄谷的确有不正当关系，肯定不会从这个夏天开始的。我想到家里去找一下娜奥秘的东西看看，也许能找到信件之类的东西。

那天，我乘坐的火车比平常晚一班，到大森的家门口的时候都快十点了。我走上正门前的停车廊，用钥匙将房门打开，穿过画室，爬上阁楼试图在她的房间里找点线索。但是当我打开房门的时候，我正要跨进去的那个瞬间，我啊的一声尖叫起来。我惊呆了，浜田正在那里一个人躺着，茫然不知所措的样子！

他看到我进屋，发出"哎呀"一声，红着脸坐了起来。

"哎呀"一声过后，我们俩谁都没有说话，就这么看着彼此，眼神就好像是要看穿彼此似的。

"浜田君……你怎么在我的家里？……"

浜田欲言又止，他耷拉着脑袋，就好像在求我原谅。

"你说，浜田君……你什么时候来我这里的？"

"我刚……刚来。"

他自己明知道跑不掉了，所以才狠狠心给了一个明确的答复。

"但我是锁上门的啊，你怎么进来的？"

"从后门……"

"后门也是上锁的……"

"嗯，我有钥匙……"浜田的声音很小，几乎听不到。

"钥匙？……你怎么会有钥匙呢？"

"娜奥秘小姐给我的。这么说来，想必您应该知道我为什么来这里了吧……"

浜田抬起头，表情很平静，他炯炯有神地正对着目瞪口呆的我，他那副神情倒是像有所担当的人，有点表里如一的公子哥儿的气派，并不像是流里流气的感觉。

"河合先生，我知道您今天为什么会突然回来，我欺骗了您，不管您怎么罚我都行。事情到了今天这个地步，我再说这个也不好，其实我早就……打算您知道这事之前跟您坦白自己的罪责的。……"

浜田说着说着，眼里竟然都是泪花，他潸然泪下，我看到的这种场景完全出乎意料。我默默地眨着眼睛看着他，就算我愿意相信他的坦白，可我还有很多疑虑。

"河合先生，您能原谅我吗？"

"只是浜田君，我还是不明白，你跟娜奥秘要钥匙来这里做什么呢？"

"在这里……今天在这里……和娜奥秘约会。"

"什么？和娜奥秘在这里约会？"

"是的。……不只是今天，已经好多次了……"

我继续追问，他接着说，自从我们搬到了镰仓之后，他和娜奥秘在这里秘密约会三次。换句话说，我去上班之后，娜奥秘会乘坐晚一班或两班的火车回到大森。她一般是上午十点左右过来，十一点半左右回去，通常下午一点左右回到镰仓，这样的话就是让房东家人不会感觉到她回大森了。今天浜田又约好十点和她见面，刚才我上楼的时候，他还以为是娜奥秘回来了呢。

他的坦白让我太吃惊了，我的脑袋一片空白，失去意识了，目瞪口呆。岂有此理，成何体统！实际上，我当时就是这么想的。那时候我三十二岁，娜奥秘十九岁。一个十九岁的姑娘，竟然如此胆大包天，恬不知耻地欺骗我！我之前从没有——不，就算到了现在，我还没有觉得娜奥秘竟然如此歹毒恐怖。

"你和娜奥秘是什么时候开始有这种关系的？"

我打破砂锅问到底，想知道事情的来龙去脉，先不考虑是否原谅浜田的话。

"很早之前就有了，想必那时候您还不认识我……"

"我第一次是什么时候和你见面的啊？——是去年秋天吧，我从公司下班回家，你们俩正在花坛的位置聊天，对吧？"

"是的，好像正好一年了……"

"如此说来，你们从那时候就开始了？……"

"不，在那之前。我去年三月开始去杉崎女士那边学弹钢琴，第一次在那里见到了娜奥秘小姐。从此之后没多久，也就是三月之后吧……"

"当时是在哪里见面的？"

"也是在这里，大森的家里。娜奥秘小姐说，她上午的时候不出去学习，一个人在家很无聊，就让我来家里玩，一开始我来就是这个目的。"

"哼，这么说的话，是她让你来的啊？"

"是的，没错，而且我根本不知道有您。她说，她的老家是乡下的，到大森的亲戚家，她跟您是表兄妹的关系。您在去黄金国咖啡馆跳舞的时候，我才知道你们并不是表兄妹。只是，那时候我……为时已晚。"

"今年夏天，娜奥秘想去镰仓的事情跟你商量了吗？"

"没有。跟她商量的人不是我，是雄谷怂恿她去镰仓的。"

浜田说着，突然强调说，"河合先生，不只您被骗了，我也被骗了！"

"那么，娜奥秘和雄谷也……"

"是的，想必现在最能够管得了娜奥秘小姐的是雄谷，我也是隐约地感觉到她最喜欢雄谷。但是，我真的没有想到，她一边和我发生关系，一边还和雄谷发生关系。而且，她总是说，自己只是喜欢和异性朋友一起尽情玩耍，不会做出格的事情，我还相信她说的话……"

"哎。"我又叹了一口气说，"娜奥秘一直都这样，她也是跟我这么说的，我也信……那你是何时发现她和雄谷的不正当关系的？"

"有天晚上下着大雨，我们不是在你们家一起住了一晚上吗？我就是那天晚上发现的。……那天晚上，我是真的很同情您，他们俩当天晚上那种行为太下流了，我觉得他们的关系不正常。我自己越是嫉妒，越是能理解您的心情。"

"那你是从他们那晚上的表现想象出来的吗？"

"不，不是的。我有根据。快天亮的时候，您睡着了，您可能不知道，我迷迷糊糊地看到他们俩在亲吻。"

"娜奥秘知道你发现了吗？"

"对，知道。我后来告诉她了，我还跟他说，一定要跟雄谷绝交。我不想让自己被人当成玩具任人摆布。既然如此，我只能娶她……"

"你要娶她？……"

"哎，是的。我打算跟您坦白我们的恋情，并且告诉您我想娶她为妻。她还说您通情达理的，只要我们将我们为爱情苦恼的事情告诉您的话，您肯定会答应的。我不知道事实如何，但是按她说的，您希望她能够受到好的教育才养育她的，虽然现在你们同居了，但是从没有说过要结婚，再说了，你们俩年龄相差太大了，就算结婚的话也不一定幸福……"

"她是那么……娜奥秘是那么说的吗？"

"是的。她再三向我保证，会尽快跟您坦白，让您同意我们结婚，让我再等一下。她还说会跟雄谷绝交。但她都是信口雌黄，她从一开始就没想过跟我结婚。"

"她是不是也和雄谷有这样的约定啊？"

"这个嘛，我不知道。只是我想可能是这样的。她是个水性杨花的人，雄谷也就是逢场作戏罢了，他比我狡猾多了……"

更让人意想不到的是，我本来就没怎么憎恨浜田，他这么一说，我倒是觉得跟他有了同病相怜的感觉。就凭着这一点，我也更痛恨雄谷了，非常强烈地认为雄谷是我们俩的公敌。

"浜田君，我们不能在这里聊太久，我们找个地方一边吃饭一边慢慢聊吧。我还有很多问题要问您。"

于是，我带着他出门了，我们不方便去西餐馆，就去了大森海边上的松浅日本饭店。

"河合先生今天不上班吗？"浜田不再像刚才那么激动了，就好像将身上沉重的包袱甩掉一样，他问我的口气很随和。

"是的，昨天请了假。最近，我非常忙，我不去上班的话真的不好意思。只是从前天开始我心情烦躁，根本没心思上班……"

"娜奥秘小姐知道今天您会来大森吗？"

"我昨天一整天都待在家里，今天跟她说我去上班了。她很精，也许过一会儿之后她就知道了，只是她想不到我会来大森。我想到她的房间里看看有没有什么情书之类的，所以才临时有了来这里的想法。"

"原来如此啊，我还以为您是来抓我的呢。只是，过一会儿娜奥秘小姐来了之后怎么办呢？"

"没，没关系……我已经将她的衣服和钱包没收了，不让她离开家半步，她穿着那身衣服想必是没法到门口站的。"

"哎，她穿着什么样的衣服呢？"

"哦，你应该知道的，就是那件粉红色的绉绸长袍。"

"啊，是那件衣服啊。"

"她只穿了那件衣服，连一根细腰带也没有，肯定不会有问题的，就跟野兽被关在了笼子里一样。"

"但是，如果她刚才闯到那个屋子里的话结果会怎么样呢？肯定会闹得鸡犬不宁吧。"

"那么，你们到底是何时约定今天见面的？"

"是前天——就是您发现我们的那个晚上。那天晚上我心情不好，她想必是为了让我开心吧，就跟我约好去大森。当然，我也有错，其实我要么与她绝交，要么应该跟雄谷吵一顿，但是我没法做到。我认为自己挺窝囊的，胆小懦弱，结果还跟他狼狈为奸。虽然娜奥秘小姐把我骗了，其实还是因为我太傻了。"

我也觉得这句话是在说我。我们两个人走进松浅饭店的大厅，相对而坐，这个时候我还觉得眼前的他有点可爱。

十七

“浜田君，你能如实交代，我很高兴。来，干杯！”我说着，就伸出端着酒杯的胳膊。

“这样看来，河合先生已经原谅我了吗？”

“也没法说到底是不是原谅。她欺骗了你，你不知道我们俩的关系，所以也没错。我不会怪罪你的。”

“哦，谢谢。您那么说的话，我就放心了。”

不过，浜田还是有些不好意思，我劝他喝酒也不喝，低着头，有点拘束地一个字一个字地说。一会儿之后，他好像想了很久才问：“怎么说呢，恕我冒昧，你们不是亲戚关系吗？”一会儿之后，他好像有些不理解，还轻轻叹了一口气。

“是啊，我们根本就不是什么亲戚。我在宇都宫出生的，是地道的东京人，我的妈妈现在还在东京住呢。娜奥秘想去上学，但是因为家庭的原因她没有上成，我看她比较可怜，所以就在她十五岁的时候收养了她。”

“那么，你们现在结婚了吗？”

“是的，没错。我们都得到了双方家长的认可了，我们也正式办理了结婚手续。只是那时候她刚刚十六岁，因为太小了，所以感觉将她当作‘太太’的话，有点奇怪。她自己也不愿意，所以我的确跟她说过，暂时先以朋友的身份在一起生活。"

"哦，原来是这样啊。原来是因为这个才产生误会的。从她的外表来看的话，她也不像是已婚的，她自己不说，我们大家都被骗了。"

"她不对，我也有错。我觉得社会上的那种'夫妇'关系没意思，所以就要求不要像普通夫妻那样生活。没想到，这种想法真是错得太离谱了。以后还得改变一下。不，其实我已经受了很多委屈了。"

"您应该那样做。另外，河合先生，我知道不提自己的错误，讨论别人的做法非常可笑。但是，雄谷这个人很坏，您要多提防他。我肯定不是因为嫉妒他，他和阿关、中村那几个人都不是什么好人。娜奥秘本身并不坏，都是那些人教的……"

浜田再次泪眼婆娑了，他说得很动情。原来他竟然真心喜欢娜奥秘啊，我想到这里，禁不住又感激又愧疚。如果不跟他说我们俩是夫妻的话，他肯定会跟我说让我把娜奥秘让给他。何止是这些呢，可是刚才只要我说我不要娜奥秘了，他肯定也会立刻接受她。相信，从言谈举止当中就能看是动了真情，他这种人是想到做到的。

"浜田君，我听你的，我打算在两三天内做个了断。如果她能够和雄谷绝交，那样再好不过了，不然的话，肯定不愿意跟她多待一天……"

"只是，只是，您可千万别不要她了。"他急忙打断我的话，"如果您不要她了，她肯定会自甘堕落的，她本身并没有什么错。"

"谢谢，非常感谢。你的好意我心领了。没错的，我从她十五岁的时候就开始照顾她的生活，就算别人嘲笑我，我也不想放弃她！只是她太执拗了，我还担心以后让她怎么跟那帮坏朋友断绝关系呢。"

"她从小就很固执，没有必要为了一点小事跟她吵架，造成不可挽回的后果。请您三思而后行。看看我吧，我说话有点不知道天高地厚了……"

　　我再三感谢浜田。如果我们两个人不存在年龄和地位上的差别，如果我们俩是要好的老朋友，或许我会牵着他的手，深情地拥抱他，会喜极而泣，我当时都有这种感觉了。

　　"浜田君，以后我只让你一个人来玩，你不用跟我客气。"我在他走之前跟他说。

　　"好的。只是，恐怕还有件事瞒不过去了。"他低着头，有点不知所措的样子，好像很不想让我看到他的脸。

　　"怎么了？"

　　"这段时间……得让我先将她忘掉吧。……"

　　他一边说一边将帽子戴上了，擦了一下眼角的泪水，说了一声"再见"，就从松浅饭店前面往品川方向走了。他没有坐电车，而是一个人走着离开的。

　　接下来，我还是去公司了，我肯定没法在那里安心做工作。我一直不放心，不知道娜奥秘在做什么呢。她只穿了一件睡衣，我将她关在家里，她应该不会跑到什么地方去的。我为什么这样想呢，那是因为我遇到了各种意想不到的事情，再三被骗，所以我有点神经过敏了，开始好像生了病一样想象和推断各种可能的情况。所以，她就在我的想象中更加神通广大了，肯定远远超出我的想象，所以我很难安心，还不知道她什么时候又要什么花招呢。我心事重重的，总认为我不在家的时候肯定会有意外发生。我赶紧将公司的事情做完，匆忙回到镰仓了。

　　"你好，我回来了。"

　　我看到房东太太站在门口之后，赶紧跟她打了个招呼，问道：

痴 人 之 爱
ちじんのぁい

"她在家吗？"

"嗯，好像是在家里。"

我放心了，然后问道："有人来过吗？"

"没有人来过。"

"情况怎么样了呢？"

我抬头朝我们租的房子扬了扬下巴，然后给她递了个眼色。我这时候发现娜奥秘所在的房间里面关着纸槅门，玻璃窗里面很昏暗，静悄悄的，好像没有人。

"发生什么了呢？……她整天都在屋子里待着吗……"

哼，不管怎样都在家待了一整天！只是，因为太安静了，我有点心慌，不知道她现在是什么状况，有什么表情。我蹑手蹑脚地走到廊檐上，将纸槅门打开了。当时已经到了下午六点了，她还在没有亮光的屋子的角落里侧身而睡，身上的衣服也乱七八糟的。可能是被蚊子咬了比较痒的缘故，她辗转反侧，将我的雨衣裹在腰间，只是盖住了下腹部，粉红色的睡衣里露出雪白的手和脚，就好像是用开水冲过的包心菜的茎那样白嫩。很遗憾，每当看到这种场景，我又一次被她迷惑了，开始不安分了。我默默地将灯打开，快速换上和服，故意将壁橱的门弄出吱呀吱呀的声音。但是，不知道她是否得知我回来了，她依然睡得很熟。

"喂，醒醒吧，不早了……"

我百无聊赖地在桌边靠着，装出一副要写信的样子。半个小时之后，再也忍不住了，就跟她说。

"嗯……"她还睡得迷迷糊糊的，很不情愿地回应我。

"嗨，还不起床吗？"我大声喊了两三声之后，她又"嗯……"了一声，还是没有起床。

"喂，怎么了！听见了吗？"

我站起身，粗暴地用脚晃动她的腰。

"啊——啊。"

她首先将两条纤细的肩膀伸直，然后攥着两个红红的小拳头往外打，憋住了一个哈欠，慢腾腾地起床，然后偷看了我一下，立刻又将头别过去。她不断挠脚背、小腿和后背上被蚊子咬过的地方，她的眼睛里有血丝，头发乱蓬蓬地散落在肩膀上，就好像是个妖怪，不知道她是睡太多了还是悄悄哭过。

"快点，换上衣服，别这样。"

我去房东的房间里将包袱拿过来，放到她的面前。她没说话，还是气哼哼地板着脸将衣服换好。后来，就送晚饭来了，吃饭的时候也默不作声，两个人谁都没理谁。

我们俩看着彼此很长一段时间，气氛非常尴尬，我一直在想怎么能够让她老实交代，如何让这个倔强的女人肯认错。很显然，我还记得浜田跟我说的：她从小就很固执，不值得为了一点小事跟她吵架，不然后果不堪设想。他这么劝我可能是因为亲身经历过吧，我也经常有这种感觉。不管怎样，肯定不能惹她生气了，说话要注意分寸，不能让她不开心，不能跟她吵架，还不能让她觉得我容易妥协。所以，肯定不能用法官似的态度去盘问她，这样太危险了，如果从正面盘问她：你和雄谷发生关系了吧？你和浜田也发生关系了吧？她肯定不会惊慌失措地认错，肯定会狡辩，肯定会坚决不承认，死磕到底。这么说的话，我肯定会很着急，会很火。如果到了这种程度的话，就没有挽回的余地了，因此，我肯定不会逼供。所以，我不再想让她坦白交代了，而是告诉她今天发生了什么事情，如此一来的话，她肯定百口莫辩了吧。

我决定之后，就尝试性地说："我今天上午十点的时候去大森了，在家里碰到了浜田。"

她从鼻子里发出了一声"嗯"，有点吃惊，赶紧转移视线。

"我跟他聊了一会儿，吃饭的时候，我请他到松浅饭店吃的……"

她没有回应。我一边喋喋不休地在说，一边观察她的表情，尽量委婉地跟她说。说完之后，她还在低着头听，没有一点害怕的感觉，只是有点脸色发青。

"浜田都已经跟我说实话了，所以我就没必要再问你了，我现在也知道事情的来龙去脉了，你也没必要死不承认了。做错了就是做错了，你要是承认的话就行……怎么样？你是错了吧？你承认吧？"她始终都没有开口，眼看着都要成了逼问了。"怎么样？小娜。"我还是尽量温和地跟她说，"只要你认错，我就不再继续追究了，我也不会逼你下跪给我道歉。只要你发誓以后不再这样了就行。怎么样，你能明白吗？会认错吗？"

她终于轻轻地点了一下头，"嗯"了一声。

"如此说来，你应该是明白了。以后不能再跟雄谷等人一起玩了。"

"嗯。"

"一言为定，你能保证吗？"

"嗯。"

她只用"嗯"来回答，给我个台阶下，就这样和好了。

十八

　　那天晚上，我们俩在床上卿卿我我，就好像没事人似的。但是，说起我内心的真实感受，肯定不太开心和爽快。我身边的这个女人已经不再纯洁了，我心里肯定是有阴影的，这让我觉得我的宝贝女人的价值掉价一大半。原因是我觉得她的价值主要是因为我亲自培养她，是我成就了她，而且只有我对她身体的每一寸肌肤都了若指掌，可以说她就好像是我自己栽培的果子。但是，到现在为止，我经历了太多的辛苦，终于将她培育成熟，本来只有我有资格来享受这硕果的，这是我应该得到的酬劳，其他人都没有这个资格。但是，目前竟然被毫不相干的人鬼使神差地偷了我的劳动果实。不管她怎么后悔和道歉，既然她被玷污了，一切都是徒劳了，这两个盗贼的肮脏的痕迹永远留在她宝贵的皮肤上面。每当想到这里，我就心痛无比。我没有恨她，只是我对现在的局面痛彻心扉。

　　"让治，原谅我……"

　　她看到我默默地流泪，不再像白天那么蛮横，对我说，我也含泪点头。但是，就算我说"啊，我原谅你"，但我的心里仍然有一种无法挽回的懊恼，无法挥去。

　　在镰仓度过的夏天就这样以我的惨败而收场，我们又回到了

145

大森的家里。只是，我心里仍然有芥蒂，会情不自禁地在任何场合表现出来，所以，我们两个人之间无法像之前那样和谐。我们俩表面上和好了，但是我肯定没法原谅她。我上班的时候，仍然很担心她去见雄谷，我不在家的时候，就会担心她的行动，我每天都要装着离开家，然后悄无声息地到后门那边站着观察。我会在她学英语和音乐的时候悄悄跟踪她，还会出其不意地偷看她的信件。就这样，我跟个侦探似的对待她，而她呢，心里好像是在嘲笑我这种幼稚的做法，但是从来不说我，她的行为变得非常古怪乖戾。

"喂，娜奥秘！"有一天晚上，她冷冰冰地板着脸装睡，我摇晃着她的身子喊道（我当时已经不再叫她"小娜"了，而是直接叫她"娜奥秘"）。

"你怎么了……一副装睡的样子。你就这么讨厌我？……"

"我没有装睡，只不过闭着眼睛罢了。"

"那你把眼睛睁开，我有话跟你说，你闭着眼睛像什么？"

我这么一说，她不情愿地将眼睛睁开一条缝，眼珠子从睫毛的缝隙里望着我，这样看上去她更加冷酷。

"是吗？你讨厌我吗？如果你讨厌我，就直接告诉我吧……"

"你为什么这么问呢？……"

"从你的表情我就能感觉到。虽然我们这段时间没有吵架，但是我们两个人都勾心斗角，如果这样的话，咱俩还算夫妻吗？"

"我没有勾心斗角，倒是你！"

"一个巴掌拍不响。我不放心你对我的态度，所以我才怀疑你……"

"哼。"她的鼻尖出露出讽刺的笑容，插嘴道，"你说说看，我哪里不正常了？要是有，就拿证据出来！"

"证据嘛，倒是没有……"

"无凭无据地瞎怀疑我，就是你的错。你不信任我，我连个妻子的自由和权利都没有，还让我跟你当夫妻，简直是异想天开！让治啊，你以为我是傻子吗？你偷看我的信，还跟个侦探一样跟踪我……我都知道。"

"这是我的错，可是对我来说，这是有原因的，所以我才神经兮兮的。你应该理解我。"

"那我到底该怎么做才行呢？我们不是说好既往不咎了吗？"

"我让你真心对我、爱我，这样我才能放心。"

"那么，你应该得先信任我……"

"好的，好的，我信任你，以后一定信任你！"

我必须在这里坦承我的卑贱。先不说白天怎么样了，每到晚上，我就甘拜下风了。如果说是我败给了她，倒不如说是她征服了我的兽欲。坦白说，我还是不太完全信任她，但是我的兽性却逼着我乖乖投降，让我不顾一切地跟她妥协。也就是说，对我来说，她虽然早就不是珍贵的宝贝和难得的偶像了，而是变成了一个娼妇。她不再是恋人那样纯洁，也没有夫妻的情爱，那些早已如过眼云烟了！既然都这样，我为什么还对这个已经失贞的遭到玷污的女人如此痴迷呢？纯粹是因为她肉体的魅力，我只是痴迷于她的肉体无法自拔罢了。我们俩都堕落了。我已经不要作为一个男人的贞操和洁癖还有纯情了，我丢掉了自豪，不知羞耻地拜倒在了一个妓女面前，有时候还将这个不知廉耻的娼妇当作自己的女神来崇拜。

最可恨的是，她太了解我的缺点了。她明明知道她的肉体对男人来说就是抵不住的诱惑，每到晚上就能让男人甘拜下风。她知道这点之后，白天就会非常傲慢和冷淡，在眼前的这个男人面前只不过是打着个"女人"的幌子而已，对这个男人再也没有别的兴趣和感情。她的这种想法表现得越来越明显，她对待我就好像对待一个陌生人那样冷冰冰的，根本不理会我。偶尔我跟她说句话，她也是敷衍了事，如果必须回答我的话，也只是用"是"和"不"来搪塞。我觉得她这是从心底对我消极的反应，表现她对我非常不屑一顾。我走到她的跟前时，她就会瞪着我，就好像跟我说："让治，就算我对你再冷淡，你都没有权利生气！你不是从我身上拿走一切你能拿走的了吗？你不是因此觉得满意了吗？"她的眼里还经常流露出一种鄙夷的表情："哼，多可恨啊！就好像狗一样贱，我是被逼得没有办法，只能忍着罢了。"

只是，肯定不能长期这样冷战下去的。我们俩都在揣摩对方的想法，各怀鬼胎，两个人都想着有一天受不了会跟对方摊牌。有一天晚上，我比平常更温柔地跟她说："娜奥秘啊，我们俩不能这样赌气和任性了，我不知道你是怎么想的，我再也无法忍受这种无情、冰冷的日子了……"

"你想怎么样？"

"咱俩以后都别怄气了行吧，我们和好如初，当一对真正的夫妻吧，这样下去不行。我们应当认真、努力地找回我们曾经的幸福。"

"不管多努力，和好容易，如初难啊。"

"也许你说的是对的。但是，我觉得只要你愿意的话，咱俩还有机会重获幸福的……"

"什么办法呢？"

"你给我生个孩子吧，当个母亲。只要生个孩子，我们就可以成为真正意义上的夫妻了，就能获得幸福！拜托了，你能答应我吗？"

148

"我不同意。"她拒绝得很干脆利索，"你不是说过不让我生孩子吗？让我永远都做年轻的姑娘。你说过，一旦夫妻有了孩子是最可怕的事情。"

　　"没错，之前是这样想过的……"

　　"这么说的话，你决定不再像之前那么爱我了？不管我怎么年老色衰，怎么丑陋不堪都没有事吗？不错，肯定是这样的。你就是不再爱我了！"

　　"你误会了。我之前像朋友那样爱你，以后将你当作真正的妻子来爱你。……"

　　"你觉得那样能够找回曾经的幸福吗？"

　　"也许不会像以前那样，但是真正的幸福……"

　　"不，不要！我受不了了！"我还没说完呢，她就使劲晃脑袋，"我要曾经的幸福，不然我宁愿不要。我跟你说好了之后才来这里的！"

十九

如果她始终不肯生孩子，我还是有别的办法的，那就只能不要这个"童话之家"了，我去建立一个更正常点的符合常规的家庭。正是因为我们崇尚"纯朴的生活"，所以才选择了这种很奇妙但是不实用的画室来居住，也正是因为这栋房子，让我的生活变得懒散和颓废。一对年轻的夫妻，没有雇女佣，两人就这么任性妄为，还谈什么"纯朴"，最后肯定会出现品行不检点和放荡不羁的局面。我打算雇一个女佣和一个厨师，这样的话，如果我不在家的话，她们就会监督她的一举一动。这样的话，我们需要搬家，搬到那种能容下夫妻两人和两个女佣的中层绅士阶级的纯日式住宅中，而不是那种所谓的"文化住宅"。将现在用的西式家具卖掉，然后全部换成纯日式家具，然后再为娜奥秘买一架钢琴。这样的话，就可以请杉崎女士上门来教她学音乐了，也可以请哈里逊老师来家里教她学英语，这样的话，她肯定没机会外出了。如果要实施这个计划，需要一大笔费用，我将我的计划告诉了老家里，我打算在没有凑齐资金之前先不跟娜奥秘说这件事情。所以我就一个人去找房子，然后估算买家具的开支。

老家里给我汇来了一千五百元，说是先给这些。然后，我又让家里给我介绍了女佣，母亲在和汇款一起寄来的信里写道："有个十分合适的女佣叫阿花，就是家里雇用的仙太郎的女儿，她今年十五岁了。你也了解她的秉性，可以放心使用。现在还在设法寻找炒菜的女佣，打算让她们搬到东京去住。"

她好像觉察出来我背着她在搞什么，一开始她很沉着冷静，摆出一副"我倒是要看看你究竟在搞什么"的架子，但是在我收到母亲的来信之后两三天左右的一个晚上，她突然撒娇地跟我说：

"让治呀，我想要一身西服，你能给我做吗？"因为太突然了，她的娇滴滴的语气里夹杂着一股嘲讽的味。

"西服？"

我很吃惊，死盯着她的脸，很快就感觉到，"哈哈，她知道我收到了一笔汇款，来探探口风的。"

"怎么样，行吗？不做西服的话，做身和服也行，冬天出门的时候穿。"

"我现在肯定不会给你添置这种东西的。"

"为什么呢？"

"你的衣服太多了！"

"虽然很多，但是我都不想穿了，我想换新的。"

"我是不会让你那么奢侈的！"

"是吗？那你想将那笔钱用在什么地方？"

她终于按捺不住了！我装作什么都不知道，说："钱？什么钱？"

"让治，我看到你放在书箱底下的那份挂号信。我想，既然你都随便看我的信，我为什么不能随便看你的信呢……"

她的话让我很吃惊，我根本没有想到她已经将我放在书箱底下的妈妈寄来的信全看了，我刚开始的时候只是认为她猜我挂号信里有汇款。她肯定是为了打探我的秘密计划，到处搜寻我的信件。

现在，她既然都已经看了，不仅知道汇款的金额，甚至知道我搬家的打算、雇女佣的打算。

"你有这么多钱，帮我做一件衣服怎么了？……还记得你之前说过，为了我，宁愿住小房子、过拮据的日子，你的钱都会给我花。难道你忘了你说的话了吗？跟之前比的话，你简直判若两人！"

"我对你的爱没有改变，只是我改变了爱你的方式。"

"那你为什么急着搬家呢？为什么不跟我商量一下，你准备命令我搬家吗？"

"我找到合适的房子之后肯定会跟你商量的……"我放缓了一下语气，用安抚的口吻跟她解释，"我说娜奥秘啊，我依然真心想让你过上好日子，不仅要你穿好的，还要你住好房子，整体提高你的生活水平，让你当个阔太太。所以，你也不用抱怨我什么。"

"是吗？那我要谢谢你了……"

"明天你和我一起去找房子吧，找个房间比这里多的，你要是开心，我住哪里都行。"

"我要西式的房子，不要日式的！……"

我一时半会儿没法回答她这个问题。这时候，她就有一副"让你好看"的眼神，气哼哼地说："我会让我浅草的娘家去找女佣的，你赶紧打发掉那个乡巴佬吧！"

我们俩经常这样吵架，两个人之间越来越僵，有时候经常会冷战一整天。从镰仓回到大森两个月后，也就是十一月上旬，我找到了娜奥秘和雄谷还继续往来的证据，那时候我彻底爆发了。

我已经没有必要详细说明我是如何拿到真凭实据的了。从一开始，我就一边精心准备搬家的各种事宜，一方面凭着自己的直觉看紧娜奥秘的神秘行踪，并没有放松对她的追踪和监视。有一天，她和雄谷竟然胆大包天地在大森家附近的曙楼约会，这一回让我抓了个现行。

那天早上，我看到她妆化得比平常浓，我就开始怀疑她了。我走出家门之后立即返回家中，藏在了后门储藏室的炭包后面（由于这样的原因，当时的我经常请假不去上班）。不出所料，到了九点左右，她就打扮得花枝招展地出门了，但是今天并不是外出学习的日子。她没有去车站，而是朝着相反的方向快步走去了。我等她走出十多米的时候，就赶紧跑到家里，将上学的时候穿过的披风披在西服的外面，戴上那时候戴过的帽子，光着脚穿上木屐跑出去，在后面跟着。我看她去了曙楼，雄谷十分钟之后也来了。我是亲眼看到他走了进去，然后在那里等他们出来。

他们俩是单独出来的，雄谷在屋里还没出来，娜奥秘先出来走到马路上的时候大概是十一点。我在那里等了一个半小时。她和之前一样，径直走到一公里之外的自己家中。我的步伐也渐渐加快了，我看她打开门后走进家中，五分钟不到的光景我也进了家中。

她看到我的时候眼神都定住了，眼神中有一种大惊失色的情景。她杵在那里跟一根木棍似的，恶狠狠地看着我。我刚换下的帽子、外套和鞋袜在她的脚边堆放着。看到这里，她已经什么都明白了。秋天的上午，阳光明媚，娜奥秘的脸色在画室的阳光反射中看上去铁青，她很平静，好像跟没事人似的。

"滚出去！"

我大声吼了一句，耳朵都快被聒聋了。我没有吼第二声，她沉默不语。我们俩就跟两个仇人一样，剑拔弩张的样子，恶狠狠地盯着彼此，随时准备进攻。这个时候，我感觉她长得真的很好看，我明白了男人越是憎恨一个女人越觉得她好看的道理，我完全能够理解将卡门杀死的唐·何塞是什么心情了，越是恨，越是感觉到她漂亮，所以非得置她于死地不行。她目不转睛地瞪着我，脸上的肌肉一动不动的，苍白的双唇闭得紧紧的，就好像是恶魔。——啊，这个娼妇的嘴脸暴露无遗。

"滚出去！"

我又大声吼了一句，紧接着我就在莫名的憎恨和惊恐还有妖娆的刺激之下，用力将她的肩膀抓住，然后使劲推出门去。

"滚！快点，让你滚！"

"让治！原谅我……以后我再也……"

她的表情突然变了，她满眼含着泪花苦苦哀求我，突然跪在地上，抬着头求我原谅。

"让治，我错了，原谅我吧！……原谅我，请原谅我……"

我没想到她这么痛快地跪地求饶，我的脑袋就像被撞击了一下似的蒙了，但我还是很生气。我攥紧拳头不停地打她。

"畜生！狗！你这个忘恩负义的人！我要你干什么用啊，还不给我快点滚！"

她突然感到这样死乞白赖地求我也没有用，就立刻改变了态度，猛然站起来，平静地说："走就走。"

"好啊，马上滚蛋！"

"好的，我马上走。——我去楼上拿点换洗的衣服行吧？"

"现在你赶紧滚，让你的人来拿你的东西！我会将你的东西交给来拿的人。"

"但是，很多东西我都要用，我不带东西怎么行呢。"

"你自己看着办吧，赶紧点！"

我觉得她要马上拿行李走是在威胁我，但是我也没有害怕。她在楼上翻箱倒柜地找东西，然后将东西装在筐子里，裹成包袱，她一个人根本拿不了那么多行李，她自己找了辆车将东西装了上去。

　　快走的时候，她冷冰冰地说："再见了。这么长时间给您添麻烦了。"

二十

　　等她的车子走远的时候，我不知道为什么立刻掏出怀表来看了一下时间，当时正好是十二点三十六分……啊，她刚才从曙楼出来的时候是十一点，后来我们大吵了一架，情况瞬间发生了变化，她刚才还在这里站着呢，现在已经远去了。这个过程只有一小时三十六分钟……人们总是习惯了在看护病人临终的时候或者在发生大地震的时候情不自禁地看表，我这时候掏出怀表看时间的心情也基本上一样。大正某一年的十一月某日十二点三十六分——我在这个时候跟她分手了，我和她的关系也许到此画上了句号。

　　"总算松一口气了，甩掉一个大包袱！"

　　这段时间，明里暗里跟她较劲，搞得我浑身疲惫，我一屁股瘫坐在了椅子上，神情恍惚，开始发呆。当时觉得"谢天谢地，我终于如释重负了"，心情非常轻松愉悦。这段时间，我不但精神上累，心理上也很累，我迫切地需要好好休息一段时间。如果将她比作一坛烈酒的话，我明知道过量饮酒会对身体不好，但是每天只要闻到酒香，只要看到倒满酒的酒杯，我就按捺不住。就这样，我的全身各个地方渐渐地深受酒精之毒，浑身疲累不堪，无精打采的，我的后脑勺昏昏沉沉的，突然站起来的时候就感觉晕头转向的，好像眼看着往后倒一样。我一直都处在这种醉醺醺的状态下，肠胃不好了，记忆力也差了，对所有的东西都提不起兴趣来，就好像生病了一样颓废，萎靡不振。我的脑海中呈现出来的全是关于她的奇妙的幻觉，就好像时不时地打个饱嗝一样，让人恶心。她的体臭、汗渍还有胭脂的味道时刻萦绕着我的鼻孔。现在"让我欲罢不能"的娜奥秘走了，我的心情就跟阴雨连绵的梅雨季节中偶尔出现的晴天一样。

但是，上述情景只是一瞬间的感觉，说实在的，我的这种神清气爽的感觉也就是持续了大概一个小时。不管我身体多么健硕，我都不可能在一个小时之内排除积累至今的疲惫。我在椅子上坐着，刚舒了一口气，娜奥秘刚才跟我吵架的时候那种非常娇媚的容貌很快又浮现在我的脑海中，她的那张脸真是让男人越恨越觉得美丽，她那张娼妇的放荡的脸恨不得让人千刀万剐，刻在我的脑海中，挥之不去。随着时间的流逝，这种感觉更加清晰，我总觉得她的眼睛在直勾勾地盯着我看，她那张让我恨透了的脸竟然看上去非常美丽。想想看的话，我还没有见过她这么好看的脸呢。毋庸置疑的是，她不但是恶魔，还将她的肉体和灵魂所具备的美以最佳形式发挥出来。我们刚才在吵架吵得最厉害的时候，我还是被她的美震惊了，心想："啊，太美了！"但是，很奇怪，我当时为什么没有拜倒在她的脚下呢？我平常一直都是优柔寡断、胆小怕事的人，虽然很生气，但是我怎么能够对这么令人生畏的女神动粗口以及拳脚相加呢？我的这种鲁莽和粗暴的勇气是哪里来的呢？——我到现在都想不明白，我开始痛恨自己这种鲁莽和勇气。

"你就是个傻瓜，这下出大事了！你觉得她的一点恶劣行径能跟她的美貌相提并论吗？告诉你吧，以后再也找不到这么娇媚

痴 人 之 爱
ちじんのあい

的女人了。"

我感觉有人在埋怨我，啊，是的，我太冲动了。我平日里一直都是小心谨慎的，尽量不让她生气，但是现在却到了这个地步，我禁不住猜想可能是有恶魔在作祟吧。

只不过，我一个小时之前还将她视为个累赘，还在骂她，现在开始骂我自己了，我后悔自己这么鲁莽草率。不知道为什么，为什么我原本那么恨她，现在又觉得她很可爱，很惹人怜了呢，究竟是什么原因呢？我无法解释清楚自己内心这种强烈的反差，我想或许只有恋爱之神才能明白吧。我不知不觉中站了起来，来来回回在房间里走动，一直在考虑怎么能摆脱这种相思之苦。只是，百思不得其解，心中始终有娜奥秘的身影挥之不去。我们一起共同度过的五年时光，当时是这么说的，那种神情和眼神，各种场景历历在目，让我不断怀念。最让我无法忘记的就是她在十五六岁的时候，每天晚上我给她在西式澡盆里洗澡的情景，还有她骑着我让我当马的情景，在我身上吆喝"驾、驾、吁——"，然后在屋子里乱爬嬉戏。我不明白为什么我会对这种无聊至极的事情更加眷恋呢？挺荒唐的，只是如果她以后还回来的话，我肯定还会主动玩骑马游戏，让她再骑到我的背上，在这里满屋子乱爬。如果她真的回来的话，别提我有多高兴了，我充满遐想，就好像这是最幸福的事情了。不，不只是凭空猜想，我太想她了，所以我竟然不由自主地趴到地上，就好像她在上面骑着，在屋子里乱爬，我竟然还跑到楼上去了。我将这件事情写出来也是让人大跌眼镜了，我跑到楼上翻出她穿过的旧衣服，将它们放在背上，手上戴着她的日式布袜，然后又在屋里爬了一段时间。

我写了一本叫"娜奥秘的成长"的日记，一开始就阅读本故事的读者或许还记得，里面详细记录了关于帮她洗澡、为她清洗身体的时候，她的身躯是如何逐渐发育的，也就是记录了她从少女长成成熟女人的历程。我记得我在每篇日记里面都配了照片，照片中记载了她的各种表情和风姿的变化，然后就从书箱的底部找出来那本布满灰尘的日记本，开始一页一页地看，细细品味她之前靓丽的身姿。这些照片是私密照片，除我之外不能给任何人看，当时我是自己冲洗的。也许当时冲洗的不太干净，现在照片上隐约地有了一些斑点，有的照片已经有了时代的痕迹了，就好像老旧的画像模糊不清，但是这更让我怀念了，就好像是在回忆十年、二十年之前的往事，在重温小时候那遥远的梦境……这些照片一一记录了娜奥秘那时候喜欢的各种衣服和装扮，有的很新奇，有的活泼轻盈，有的雍容华贵，有的幽默诙谐。其中有一页上面还贴了一张女扮男装的照片，照片中的人身着天鹅绒的西装，接下来的就是她披着巴里纱薄绸的身影，她的倩影就好像是雕像一样挺拔，再接着就是她身着闪亮的绸缎和服与外褂，她的腰间系着窄腰带，这让她的胸脯显得更加饱满，衬领是缎带做成的。相册里面还有各种动作表情和模仿电影演员的照片，有的模仿玛丽·碧克馥的笑容，有的模仿格洛丽亚·斯旺森的眉眼，有的模仿波拉·倪格丽的英姿，还有的模仿贝布·丹尼尔斯的矫揉造作的表情——有愤怒，有嫣然，有吃惊，有恍惚，娜奥秘不断变换着容貌和姿势，这些全都说明了她敏感、灵巧和聪慧。

"啊，简直是不可思议，我竟然让这个不可多得的尤物给走了。"

我内心怦怦乱跳，后悔失去了理性，捶胸顿足。我继续往下看，一张一张的照片浮现在眼前，我的照相技术也日渐精湛，我用特写的手法将她的鼻子、眼睛、嘴唇和手指的形状，以及手臂、肩膀还有脊背和腿脚的曲线等，连手腕、脚踝、胳膊肘和膝盖甚

159

至是脚掌都拍得清晰可见，就好比古希腊的雕塑或者奈良的佛像一样。娜奥秘的全身到现在已经成了一件艺术品，我觉得她比奈良的佛像更加完美无瑕，如果仔细欣赏，甚至有一种宗教式的无以言表的感激之情。啊，我当时为何要拍下这么精致的照片呢？是不是早就预示着有朝一日它会用来纪念我的悲哀？

　　我越来越想念她。时候不早了，窗外的夜空中星光点点，我觉得有股寒意笼罩着我。我从上午十一点开始就没有吃饭，也没有生火，我甚至都没心思开灯。我在黑乎乎的屋子里面，一会儿跑到楼上一会儿跑到楼下，一边骂着"浑蛋"，一边拍自己的脑袋，我对着这空空如也、沉寂的画室墙壁大喊："娜奥秘，娜奥秘！"我最后竟然一直在喊她的名字，还不断地在地板上磕头。不管怎么样，我都得把她接回来。我会无条件地妥协。不管她要我做什么，我都会答应。……但是，她现在干吗呢？她拿了那么多的行李，应该从东京站坐汽车回家吧。如果她回家的话，她回到浅草的娘家已经五六个小时了。不知道她会不会跟她家里人说她是如何被我扫地出门的，还是凭借她一如既往的任性要强劲儿，随便胡编乱造一通蒙混她的哥姐呢？她出生和生长在千束町，她的娘家经营着小本买卖，她不愿意让别人提起她的身世，她觉得她的父母兄弟都是愚昧无知的土包子，所以很少回家。这个不和谐的家庭不知道此时在商量什么应对之策呢？她的哥姐肯定会让她回来道歉，但是她肯定会死磕到底的："我凭什么要回去道歉呢？你们谁去帮我拿行李呢！"而且，她肯定还会装作没事人似的和往常一样开玩笑，盛气凌人地胡搅蛮缠，还会夹杂几句英语，炫耀一下她的时尚的衣服和物品，就好像一位千金小姐造访贫民窟一样目中无人，威风凛凛的样子……

　　但是，无论如何，这件事都不小，应该有人立刻来处理……

如果她还是觉得"肯定不会赔礼道歉"的话，那她的哥姐也得替她来……难道她家人一点都不担心她吗？就好像她对她的家人那么冷漠一般，他们一直也不会对她负责。当年她的母亲说"以后就将她托付给您了"，她把一个十五岁的姑娘托付给我之后便置若罔闻了，她的态度说明我想怎么着就怎么着。因此，不知道他们这次是不是不管娜奥秘怎么闹，都会若无其事呢？就算这样的话，也得找个人来拿行李吧。我说过："马上回去，让人来将你的东西拿走！我会把行李交给你找来的人。"但是，为什么还没人来拿行李呢？她虽然走的时候带走了一些替换的衣服和日常用品，但是还有几套她觉得"跟命根子似的"衣服在这里放着，她肯定是不可能将自己束缚在千束町的那个脏兮兮的家里的，她肯定每天都希望能够打扮得体体面面地去人群中彰显她的妩媚，这样的话她肯定会需要衣服，她一刻也不会容许没有衣服的日子……

但是，不管我那天晚上等得多苦，都没有看到娜奥秘的娘家人来。屋子里已经大黑了，我没有开灯，我想如果有人来了误认为家里没人就不好了，所以慌乱中我打开了房间中的所有电灯，我还确认了一下门牌没有掉下来，还专门找了一把椅子坐在门口等了几个小时，仔细听着门外的脚步声。但是都八点九点了，十点十一点了……从早到晚整整一天过去了，并没有什么动静。我开始彻底绝望了，油然升起了种种无端猜测。她为什么不让人来拿她的行李呢？肯定她没将这件事想得太严重，她觉得两三天肯定就能将这件事解决掉，她在想办法："没关系，他还想着我的！他离开我一天都不行，迟早会来接我的。"还有，她肯定很明白，自己习惯了奢华的日子，肯定没法活在贫困阶层的，就算另觅他人，别人也不可能有我对她那么好，她肯定没法和以前那样想干吗就干吗了。她虽然嘴上很硬，但还是盼着我去接她回来的。可能她哥哥明天早上就会来家里跟我商量了，可能因为晚上要忙着生意无法抽身，只能明天早上才能来吧。不管怎样，我今天没看到来人倒是心里还有一丝希望，如果明天还没有人来，我就去接她。都到了这个田地了，我也没法顾及尊严和体面了，我就是太在乎面子了，才将这件事搞到这种程度的。就算她家的人笑话我，就算他们知道真相，我也要去认错，求她的哥姐多美言几句，反复恳求"求你回家吧，这是我一辈子的愿望"，这样的话，给她台阶下，她肯定就会大摇大摆地跟我回来吧。

我一整夜几乎没有睡觉，到了第二天，我又等到了下午六点还是没有见到任何人，我受不了了，直接冲出家门去了浅草。我要尽快看到她，只要看到她的脸我就放心了！这个时候，我就好像害了相思病，我就是想见她一面，别无他求。

她的家位于千束町的花圃后边的巷子里，那个巷子就像是迷宫一样，我到那里的时候大概七点了。非常尴尬的是，我轻轻地将她家的格子门拉开，站在脱鞋的地方小声地问道：

"我从大森来，不好意思，请问娜奥秘在家吗？"

"吆，是河合先生！"

听到我的声音之后，她的姐姐从另一个屋子里伸出头来，吃惊地说："哎，小娜吗？……她没有回来。"

"奇怪了，她不可能没回来啊。她昨天晚上说要回家的……"

二十一

一开始的时候，我觉得姐姐可能是故意隐瞒我，所以才说她没在家，我求了她好几次才发现，娜奥秘真没回来。

"奇怪了……她拿了那么多的行李，怎么可能去别的地方呢？"

"怎么，她还拿着行李？"

"有筐篮，还有包袱和提包，还有不少别的东西。我们是昨天吵架了，她才……"

"她说要来这里的吗？"

"她没说，我让她回家的。我让她赶紧回浅草，让人来拿行李。——我想，只要你们来人的话，我就可以跟你们讲清楚了。"

"是吗，原来这样啊。……只是，她真没回来。这么说来，可能她会回家的。"

"可是，如果昨天晚上发生的话，就不好说了。"我们正在说着，她哥哥出来说道，"您还是去其他地方找找吧。她现在不回家，估计不会回来了。"

"对了，小娜她根本不回家。……这么说起来的话，她上次是什么时候回来过？……已经整整两个月没有见到她了！"

"真是对不起，如果她回来的话，别管她如何说，请一定告诉我。"

"好的，我们也不会对她怎么样，只要她回来，我们就会立刻告诉您。"

我在门框上坐着，喝了杯他们端来的苦茶，愁眉不展。她哥姐听到她离家出走之后，并不太担心，跟他们说事情的真相恐怕也没什么用。所以，我再三嘱咐他们，一旦她回来的话，一定要及时跟我说。如果白天的话，可以给我公司打电话。我想到我最近经常不在公司，所以我又跟他们说，如果我不在公司的话，可以直接给我大森家里打电报，到时候我来接她。我来之前，一定别让她去别的地方。……我总感觉这两人大咧咧的不靠谱，所以为了保险起见，我告诉了他们我公司的电话，又感觉他们可能不知道我大森家的地址，所以又将我的地址写下来，然后走了。

"接下来我该怎么办呢？她去哪里了呢？"

我都要哭了，不，实际上或者我已经哭了。我走出千束町的小巷子，在公园里边走边想，漫无目的的样子。如果她不回娘家，事情肯定比我想象的更糟糕。

"一定是雄谷，她肯定去雄谷那里了！"——想到这里，我记起来她昨天临走的时候说的话，"可是，很多东西我都要用，不带着怎么行？"肯定是了！没错的，她肯定是要去雄谷家，所以才要带那么多行李的。或许他们俩早就约好了，如果发生这种事情就这样处理。如果真的是这样的话，那就糟了。首先，我不知道雄谷在哪里住，即便是可以通过调查能搞清楚，但是也不至于将娜奥秘藏在父母家里吧。虽然他是个小混混，但是他的家人却是体面的人，不会放任自己的儿子胡来的。他是不是和娜奥秘藏到其他地方了，然后花着家里的钱，挥霍去了呢？就算这样的话，只要我知道具体的事情就可以了。那样的话，我就可以去跟雄谷的家长说,让他们严加管教。就算他们不把家长的话放在心上,一旦花完了钱,肯定就没法继续过下去了,总得要回家的,到时候娜奥秘也会回我的家里来。最后肯定就是这样了,但是我要在这个过程中承受多少苦难呢?——这需要一个月、两个月还是半年啊?——不,如果这样的话,就糟了。如果时间长了她肯定就更不想回来了,说不定还会有第二个和第三个男朋友。如果这样的话,眼下必须尽快解决这个事情不行。跟她分开的时间越久,就越跟她无缘了,她会随时甩了我。我必须现在就开始,肯定不会让她从我身边逃走的,我一定要将她找回来!"临时抱佛脚",我不信佛,但是我突然想起这句话来,所以赶紧拜了观音菩萨,虔诚地祈祷:"快点让我知道她在哪里吧,明天就让她回来。"接着,我开始茫然地到处乱走,去两三家酒吧买醉,然后回到大森的家中,那时候已经是半夜十二点以后了。但是,我醉意朦胧中还是想着娜奥秘的事情,难以入眠。过了一段时间,我的酒劲消了,我又开始忧伤地想起这件事。我怎么才能知道她在哪里呢?她是否已经跟雄谷私奔了呢?如果还没有确定他俩在哪里就找上门去的话,是不是太鲁莽了?这么说的话,不让私家侦探出面的话,我一时半会儿搞不定……左思右想,我最终想到了浜田。对了,对了,还有浜田,我差点将他忘了,他肯定会帮我的。我们在松浅饭店的时候就记下了彼此的地址,我明天赶紧给他写封信。写信太慢了,还不如我打个电报去。不过,这也太夸张了,他家应该有电话吧,还是打电话让他来吧。不行,不行,我等不及了,我等他的工夫还不如让他去帮忙找雄谷。这时候,最重要的还是需要知道雄谷去哪里了。浜田人脉广,他肯定会跟我说的。现在,我想只有他能够了解我的痛苦,助我脱离苦海了。想必这也是一种"临时抱佛脚"吧……

第二天一大早，我七点起床就直接去了附近的公用电话亭去查找电话簿，巧的是，一下翻到了浜田家的电话号码。

接电话的是一个女佣，她说："哦，您找少爷啊。他在休息呢……"

"抱歉，我有急事，请通报一下……"

我一再让她转告，一会儿之后，浜田接过电话。"你是河合先生吗？是大森的那个吗？"听他的声音好像还没有完全清醒。

"对，我就是大森的河合。平常总是给你添麻烦，现在这个时候又冒昧打电话给你，非常抱歉。实际上，娜奥秘离家出走了……"

我带着哭腔说"离家出走"了。天气非常冷，这样的早上就跟冬季一样，我只穿了睡衣，在外面披了一件和式棉袍就急匆匆地出来了，因此，拿着话筒的手在不停地颤抖。

"啊，娜奥秘小姐啊……果不其然。"他非常冷静，让人有点意外。

"那么，你已经知道了？"

"我昨天晚上看到她了。"

"哎，昨天晚上……你见过娜奥秘了？"

这么说来，我已经不再是颤抖了，而是全身晃动了。太恐惧的缘故，我连门牙都碰到话筒上了。

"昨天晚上我去黄金国舞厅的时候看到她也在那里。我没有打听她的近况，但是看上去她有点异常，我想可能是因为这个吧。"

"她和谁一起去的？是和雄谷吗？"

"不只是雄谷，还有五六个男人，其中还有洋人！"

"洋人？"

"是啊。她穿着高档的西服……"

166

“可她走的时候没有穿西服啊……”

“反正我看到她穿的是西服，而且是很高档的晚礼服。”

我惊呆了，就好像是中了邪一样，根本不知道该说点什么。

二十二

"哎，喂，喂！怎么了，河合先生？……喂……"我沉默不语，所以浜田在叫我，"哎，喂，喂！"

"哦……"

"河合先生？"

"哎……"

"你怎么了？"

"啊……不知道该怎么办了……"

"可是您拿着电话在想，也不行啊。"

"我也知道这样不行……只是，浜田君，我不知道怎么办了。不知道该怎么样做，愁死了。没有她，我晚上睡不着，非常痛苦啊……"为了得到浜田的同情心，我用可怜兮兮的口气说，"浜田君，我现在除了你之外，再也没有可以信赖的人了，对你来说，这个麻烦有点不近人情，我……我……我怎样才能知道娜奥秘住在哪里呢？她到底是在雄谷那里还是和别的男人在一起呢？我想知道。我自己心甘情愿的，能拜托你帮我查查吗？……我本来想自己调查的，但是想想你的人脉比我广，肯定比我办法多……"

"是啊，或许我查查很快就能知道了。"看浜田的架势好像这事简单，一副胸有成竹的样子，"只是，河合先生是否已经大概了解她在哪里呢？"

"我觉得她肯定在雄谷那里。实话对您说，她和雄谷还有秘密往来呢，上次被我发现之后，我跟她大吵一架她就离家出走了。"

"嗯……"

"可是，刚才您又说，她还跟其他男人鬼混，其中还包括洋人，还穿了高档的西服，我就有点儿纳闷了。不过只要你能见到雄谷，我觉得就能知道事情的来龙去脉了吧。"

"哎，好的，好的！"我还在喋喋不休呢，浜田打断了我的话，"无论如何，我都会先帮忙查一下的。"

"拜托尽快。……如果可能，今天就告诉我结果的话那就太好了……"

"哦，是嘛。我如果今天知道结果的话，我去哪里通知您呢？您最近还在大井町的公司上班吗？"

"没有，我自从这件事情之后几乎没有上过班了，一直都在想万一她回来了呢，家里得有人才行。另外，我还有个不情之请，我觉得电话里不太方便讲，还是当面谈更好一点。……你看如何，如果有消息的话，能来我大森的家里吗？"

"好的，可以，反正我也没事。"

"啊，谢谢了。你能帮我，我感激不尽！"

虽然这样说，我心里还是不踏实，我巴不得浜田现在就知道情况。"你大概什么时候来呢？最晚下午两三点就能知道情况了吧。"

"怎么说呢，我觉得可以，但是如果不先找到她的话，也不一定能找得到。我一定采取最有效的措施，但是也可能得两三天吧……"

"那，那也是没办法，明天后天，我会一直在家里等你来。"

"我知道了。见了面再具体谈。就这样吧，再见了。"

"哎，喂，喂！"正要挂断电话的时候，我急匆匆地又喊了一下浜田，"喂，喂……还有……这个要具体情况具体对待了，如果你能直接见到娜奥秘并且能跟她说上话的话，就跟她说——我肯定不会再埋怨她了，我明白她今天的所作所为也是我造成的。我准备好好跟她道歉。不管她要求我做什么，我都答应，既往不咎了，但是一定要她回来。如果她不愿意的话，那也至少跟我见一面……"

再说了"不管她要求我做什么，我都答应"之后，我真想说："如果她让我跪下，我肯定会跪下；如果她让我磕头，我也会磕头鞠躬，无论如何，我都跟她道歉。"最终我没好意思开口。

"如果可能的话，请一定跟她说，我很想她……"

"哦，是吗，有机会的话我一定转告她。"

"此外，我想……或许还有一种可能，她实际上也想回来，如果她只是因为太倔强了在赌气的话，如果那样的话，你就跟她说，我现在很沮丧，强行将她带回来也可以……"

"好的，知道了。我没法跟您保证，我尽量吧。"

我唠叨个没完，听得出来浜田有点烦我了，我站在那里，一口气讲完了五铜币的电话费，本来这些钱可以打三次公共电话的了。我拉着哭腔，说话的声音有点颤抖，这是我平生第一次讲话如此滔滔不绝，还有点厚颜无耻地恳求别人。挂断电话之后，我并没有觉得松一口气，迫不及待地等着浜田来家里。他说今天可能会有结果，但是如果他不来的话怎么办呢？——不，要说"怎么办"，倒不如说不知道自己会变成什么样子。我现在除了思念和舍不得娜奥秘之外，无所事事，我没心思做什么。我寝食难安，不能出门，只能天天待在家里，等一个外人为我调查的结果，没有别的办法。其实，人最痛苦的事情莫过于无所事事了，我呢，在此基础上还有对她刻骨铭心的思念。我忍着这种思念之苦，将自己的命运托付给别人，而我自己只能看着时钟的指针在转动。每当想到这些的时候，我就非常难受。真是度日如年，感觉时间都快停滞了似的，即便只有一分钟也太慢了。这样的一分钟要转六十圈才是一个小时，转一百二十圈才是两个小时，如果要等三个小时的话，就得等这时针转动一百八十圈，这种日子真是让人痛不欲生，又没有办法！不只是三小时啊，如果是四五个小时或者是半天、一天、两天或者三天呢？我感觉这种漫长的等待和思念之苦快把我逼疯了。

我已经做好思想准备了，浜田最快也得到傍晚的时候才能来，但是到了四个小时之后的十二点，大门的门铃突然响了。浜田紧接着说了一句"您好"，听到这意外之声，我兴奋地跳起来了，急匆匆地去开门。

"啊，你好！我马上开门，门是锁着的。"我慌慌张张地说，心里想："出乎意料，来得这么快，或许浜田正好见到了娜奥秘，谈得比较顺利，或许将她带回来了呢。"想到这里，我心里非常开心，激动得心脏怦怦地跳。

我打开房门，感觉娜奥秘就在浜田的后面，所以我忍不住到处看了一下，并没有看到别人，只是看到了浜田一个人孤单地站在门廊边上。

"呀，早上真是冒昧了。怎么样呢？弄明白情况了吗？"

我突然急忙问道，但是浜田却很平静，看着我的脸，一副怜悯的表情。"是的，搞明白了……只是，河合先生啊，她已经走火入魔了，您就对她死心吧！"他摇了摇头，毅然决然地说。

"那，那，那是为什么呢？"

"为什么呢？待会儿再跟您说吧……我是替您着想才这么说的，最好还是把她忘了吧。"

"如此说来，你见到她了？跟她聊完之后是不是很失望啊？"

"不，我没看到她，我去雄谷的家了，我问明白了所有的情况。事情很糟糕，让人很吃惊。"

"浜田君啊，她现在在哪里呢？我想先搞明白这一点。"

"她在哪里，她现在没有固定的地方住，在这家住住，在那家住住。"

"想必她没有那么多朋友可收留她吧。"

"娜奥秘有很多您不认识的男性朋友。尤其是那天你们吵架之后，听说她走了之后就直接去了雄谷的家里，如果提前打个电话偷偷过去的话也行，她带着满车的行李，突然出现在雄谷家的玄关处，他们全家都慌了，不知道她是谁，慌乱之中没法让她进门，雄谷也没办法。"

"嗯，后来呢？"

"她没办法了，只能先将她的行李放在雄谷的房间里，两个人一起出去了。听说他们去了一个不太正经的旅馆，这家旅馆位于您大森家旁边的一个楼里面，就是那天上午您发现他们约会的地方，太大胆了！"

"这样的话，他们俩又去那里了？"

"是啊，雄谷这么说的，他滔滔不绝地说了一大通，有点得意的样子，我听了很难受。"

"他们俩当天晚上就在那边住的吗？"

"没有。听说他们在那里待到傍晚的时候，后来去银座散步去了，然后在尾张町的十字路口的地方分开了。"

"奇怪了，雄谷在撒谎吧……"

"不，您听我说。他们分开的时候，雄谷觉得她有点可怜，就问道：'今天晚上你去哪里住呢？'她回答说：'我有很多地方可以住，我现在去横滨。'她并没有表现出为难和不开心的样子，然后就大踏步地去新桥那边了……"

"谁在横滨？"

"这方面就让人有点匪夷所思了。雄谷认为，就算娜奥秘认识很多人，想必在横滨也没有可以住的地方。她虽然那么说，但是想必还是会回大森的。可是没想到，第二天傍晚的时候，她给雄谷打电话说，她在黄金国的舞厅里等他，让他马上到。雄谷过去看了一下，娜奥秘穿着闪亮的晚礼服，手里拿着一把孔雀羽毛扇，带着金灿灿的项链和手镯，周围围着一群形形色色的男人，里面还有洋人呢，正在嬉戏打闹呢。"

听浜田说完之后，就好像打开"吃惊盒"之后会出现什么，事实让人太意外了。看来，她走了之后的当晚是住在那个洋人家里的，那个人叫威廉·马卡聂耳，就是我和娜奥秘上次去黄金国舞厅跳舞的时候，那个没有经过别人介绍就主动邀请她跳舞的男人。当时他脸上涂着白粉，脸皮很厚，说话比较娘炮。但是，让人吃惊的是，据雄谷所知，她那天晚上去他家住之前，跟他并不是很熟悉。只是，娜奥秘早就有点仰慕他了，因为他那张脸很讨女人喜欢，他的气质很好，言谈举止就像是位演员，舞伴们都说他是"洋人色狼"，娜奥秘自己也觉得那个人的侧脸很棒，就好像约翰·巴里——美国的电影演员，就是观众通过银幕熟悉的约翰·巴里摩尔，娜奥秘是因为这个早就开始仰慕他了，也许会经常跟他眉目传情，暗送秋波吧。马卡聂耳心里也明白"这女人对我有意思啊"，所以调戏过她吧。他们算不上朋友，娜奥秘肯定是根据这个去找他的，她到的时候，马卡聂耳肯定也认为是一只有意思的小鸟不请自来了。"您今天晚上在我家里住吗？""好的，住也行啊。"所以，就在人家家住下了。

"即便这么说，我也不敢相信，第一次去就在人家家过夜……"

"但是，河合先生，我觉得娜奥秘小姐肯定不在乎这种事情的。马卡聂耳或许有点吃惊，昨天晚上他问雄谷：'这位小姐什么来头？'"

"都没搞明白她是什么人，就将她留下来住，太过分了吧。"

"何止是留她住下来啊，还让她穿西装，戴上项链和手镯，肯定玩了。您说吧，就那么一晚上，两个人就如此亲密，娜奥秘口口声声叫那个人'威廉、威廉'。"

"这么说，她的西服和首饰都是那个洋人给买的吗？"

"有的是那个洋人给买的，只是听说那个洋人也有可能临时借了女朋友的衣服来敷衍一下。娜奥秘小姐就娇滴滴、嗲声嗲气地说要穿西服，为了让她开心就答应她了。那套西服并不是专门为她买的，但是很合适，皮鞋也是法式细高跟的，全漆皮制作而成的，或许鞋尖处还镶着人造钻石，闪闪发光呢。昨天晚上娜奥秘小姐的穿着就像是童话故事里的灰姑娘。"

浜田这么说了一下，我觉得娜奥秘的灰姑娘的娇美形象浮现在眼前，让我激动了一阵子。但是，紧接着，我又开始讨厌她那种丑恶的品性，觉得她既可怜又可恨，让我又生气，又糟心，说不清楚是什么滋味。如果去雄谷家也就罢了，她竟然还去不知底细的洋人家里住下，真是脸皮太厚了，还让人家给她置办衣服，她还是个有夫之妇，这是她应该做的吗？她跟我同床共枕了很多年，难道她就是如此肮脏、龌龊不堪的荡妇吗？我是否到现在还看不清她的真面目，还在做愚蠢的春秋大梦呢？啊，或许浜田说的对，不管我怎么对她着迷，是时候该对她死心了，我已经遭受了这种奇耻大辱，让我作为男人的尊严荡然无存……

"浜田君，我太絮叨了，我想再问一下你今天说的都是实情，雄谷可以证明，你也可以证明吗？"

我泪眼婆娑的样子，浜田看了之后同情地点了点头。"我明白您的心情，有些事情不好说，其实昨天我也在，我觉得雄谷说的基本属实。另外，还有很多情况，您听了之后可能就会释怀了。只是，我就先跟您说这些吧，您别再问了，请相信我，我肯定不会为了将事情夸大而故弄玄虚的……"

"啊，谢谢！听了这些之后就行了，没必要再问别的了……"

不知道为什么，听完这些之后，我欲言又止，豆大的汗珠子突然滚落下来，我想"这样不行"，所以赶紧抱住浜田，将脸埋到他的肩膀上，然后大哭起来。

"浜田君！我，我……我一定要和她分道扬镳！"

"说的对！这就对了！"浜田好像受到我的感染，也有点哽咽了，"说实话，我今天来告诉您，对她死心吧。她反复无常，或许不知道何时又会跟个没事人似的回来了。现在这种情况已经没有人再真心待她了。雄谷说，别人都将她当作泄欲工具，还给她起了个难听的、说不出口的外号，您一直都不知情，她在背后不知道干了多少让您丢脸的事情……"

浜田曾经和我一样都非常爱娜奥秘，现在也和我一样遭遇她的背叛，这个少年愤慨的言语始终为我着想，就像一把锋利的手术刀将腐肉割掉一样。"别人都将她当作泄欲工具，还给她起了个难听的、说不出口的外号"，这些耿直的话语让我更清醒了，就好像是得了疟疾治好了，突然感到浑身轻松，竟然也不再流泪了。

二十三

　　"怎么样，河合先生。老是这样窝在家里不行啊，出去走走散散心行吗？"

　　我这两天没刷牙也没刮胡子，受到浜田的鼓励，我说："请稍等。"我刮完胡子、洗漱完毕之后，心情也比较好了，我与浜田在两点半的时候一起出门了。

　　"这种情况下还是去郊区散散步比较好。"浜田提议，我同意了。

　　"那就走这边吧。"我奔着池上的方向走去，心里突然有点恶心，就站在了那里，"不能去那边，那里挺晦气的。"

　　"哎，怎么了？"

　　"之前说的曙楼就在那个方向。"

　　"哦，是不行！咱们去哪里啊？往这边可以直接去海边，我们往川崎方向去吧？"

　　"好的，往那边去的话最保险。"

　　于是，浜田转了一百八十度的弯，朝车站的方向走去。但是，仔细想一想的话，或许那个方向更不保险。如果娜奥秘再去曙楼的话，说不准这时候正和雄谷一起去呢；也说不准她正和那个洋人坐着从东京到横滨的京滨线，所以还是不能去国营省线车站。

"今天真是麻烦你了。"我跟个没事人似的说着，走到他跟前，拐进了小巷子，想着过水稻田中的铁道口。

"没事的，不用客气，早晚会有这一天的。"

"嗯。你觉得我是不是很可笑啊？"

"我自己也曾这么可笑过，因此，我根本没资格嘲笑您。只不过我自己冷静下来之后，就很同情您。"

"你还年轻，没什么大不了的。但是，我已经三十多了，我还被骗得这么惨，真是说不过去了。如果不是你提醒我的话，我或许还像个傻子似的一无所知呢……"

我们走出稻田，晚秋的天空秋高气爽，就好像在安慰我。一阵阵凉风使劲吹过来，我哭肿的眼圈觉得有些刺疼。我最不愿意看到的省线电车在远处的铁轨上大声驶去。

"浜田君，你吃中午饭了吗？"我们俩走了一段路，没有说话，后来我问他。

"还没有吃。您呢？"

"我从前天开始就只喝酒，几乎没有吃一点东西，现在感觉很饿了。"

"肯定的啦。您别这样折磨自己了，把身体弄坏了不上算。"

"不，没事的。托你的福，我现在彻底醒悟了，我以后再也不会折磨自己了，从明天起，我要重新做人，我准备回公司上班。"

"哎，这样可以让心情好点。我觉得失恋的时候应该尽量忘掉过往，所以就使劲听音乐。"

"听音乐的确是治愈失恋的好办法。我没有音乐细胞，只能认真在公司里工作。——不过，现在肚子饿了，我们找个地方吃饭去吧？"

我们俩一边走路一边聊天，逛到六乡之后，没多久，我们就去了川崎街上一家牛肉店，点了滚烫的火锅，然后开始喝起酒来，像在松浅饭店的时候那样。

"你呀，怎么样，干杯。"

"嗨，这样空腹喝酒会喝醉的。"

"行啦，没关系的。今天晚上是我消灾解难的时机，为我干杯祝贺吧。从明天开始，我要戒酒，今天晚上不醉不归！"

"啊，是嘛。那我祝您健康！"

当浜田喝红了脸，他长满粉刺的脸就像是在火锅里面翻滚的牛肉那么明亮的时候，我也醉醺醺的了，已经搞不清楚当时是喜还是悲了。

"只是，浜田君，我还想问一下你。"我觉得时候差不多了，就往浜田身边靠了一下，"你跟我说别人给娜奥秘起了难听的外号，究竟叫什么？"

"不，没法告诉您，太难听了。"

"难听也无所谓。我跟她已经一刀两断了，你没必要在意。跟我说，我或许会开心一点。"

"或许您会觉得开心，但我还是说不出口呢，别介意。反正很难听，想象一下就知道了。要不我跟您说一下这个外号的起源吧。"

"说吧。"

"但是，河合先生……还是不好说。"浜田挠了一下脑袋，"太难听了，您肯定听完很生气。"

"不要紧，不要紧，没事，说吧！我现在也是完全因为好奇，想知道她的秘密。"

"我就跟您稍微透露一点吧……今年夏天，你们去镰仓住了一段时间，您知道她一共有几个男人吗？"

179

"除了你和雄谷之外，难道还有别人？"

"河合先生，您不要吃惊……实际上，阿关和中村也是！"

我虽然当时已经喝得醉醺醺的了，但是仍然感到浑身跟过了电似的。后来，我又忍不住咕咚咕咚地喝了五六杯酒，然后问："如此说来，那些跟她一起玩过的男人都跟她有一腿啊？"

"是的。知道他们在哪里见面吗？"

"是在大久保别墅里吗？"

"就在您租的花匠屋子里。"

"哼……"我们沉默了，那氛围真是令人窒息的感觉。过了一段时间之后，我才小声说："嗯，原来这样啊，太意外了。"

"所以，想必那个花匠的老婆在那段时间是太尴尬了。因为看雄谷的面子，她又不能不让他们进去，但是亲眼看着自己的家变成淫窝，经常出入各种男人，不但在邻居面前丢人，万一让您知道的话就更糟糕了，所以她惶惶不可终日。"

"哈哈，这就对了。如此说来，我倒是想起来了，怪不得我上次跟房东太太打听娜奥秘的情况时，她有点惊慌失措，很害怕的样子，原来是这个原因啊。你和她在大森的家里约会，又将花匠的家搞成淫窝，我都被蒙在鼓里。哎呀呀，我可真是惨啊。"

"啊，河合先生,您又说起大森家的事情,我再次说声对不起。"

"啊哈哈哈哈，你别这么说，都过去了，别介意。想到她竟然如此欺骗我，我倒是觉得很爽！她的手段太高明了，我太佩服她了。"

"就好像在相扑比赛中，被对方甩了一个大背包一样。"

"我也这么觉得，一点错没有！……如此说来，他们全被娜奥秘玩弄了，而且彼此不知道？"

"没，他们都知道。不巧的是，两个人还遇到一起了呢。"

"他们吵架了吗？"

"他们心照不宣，彼此很默契，将娜奥秘当作共同的泄欲工具。他们给她起了个非常难听的外号，背地里都用外号称呼她。您不知道外号的话还行，我觉得她非常可耻，一直想拯救她，但是，每次我说的时候，她都很生气，反倒是折腾我，我也没辙。"

浜田好像想起了当时的那种场景，有些感伤地说道："河合先生啊，我之前在松浅饭店跟您会面的时候，没有跟您提起过这事吧。"

"你那时候跟我说，雄谷现在最能对娜奥秘随心所欲了……"

"的确，我当时是这么说的。这话没错，娜奥秘和雄谷两个人一直都很粗鲁，臭味相投，他们俩的关系最好。那时候我跟您说，我觉得雄谷是罪魁祸首，一切都是他挑唆的。也没多说什么，因为那时候您还想挽留她，还希望能够将她拯救出来。"

"这种情况怎么能将她拉回来啊，反而让她牵着鼻子走……"

"万一对娜奥秘着迷的话，哪个男人都那样。"

"那个女人真是有两把刷子。"

"的确是有两把刷子，我知道这一点之后，就不跟她套近乎了，不然的话自己会有麻烦的。"

娜奥秘啊娜奥秘啊，我们两个人交往的过程中反复重复这个名字，将它当成我的美味佳肴，熟悉的发音，比牛肉羹美味，我们用舌头去品尝，沾着唾液吮吸，让它滞留在唇齿之间。

"但是，被她欺骗一回也算是幸运了。"我万分感慨地说。

"没错！幸亏有她，我才有了初恋的感觉，虽然那个梦很短暂。每想到这里，我还是要感谢她的。"

"但是，她现在又怎么样呢，她会有什么结果呢？"

"我认为她会一直堕落下去。雄谷说：'她也不可能长期待在马卡聂耳的家中，两天三之后肯定又去别的地方了。她还将行李放在我家呢，也许会去我家拿行李。'娜奥秘小姐难道自己没有家吗？"

"她家住在浅草，家人是卖酒的……我觉得她很穷,有点可怜,但是我从来没有跟别人说过。"

"哦，原来这样啊。真的是出身决定品行啊。"

"娜奥秘说，她家里原来是旗本武士，她出生的时候，她家在下二番町那边有座豪宅。她的祖母给她取了个名字叫'奈绪美'，她说她的祖母那时候衣着时髦，明治时代还去鹿鸣馆跳交谊舞，不知道她的话有多少是真的。总之，还是因为家境贫寒，缺乏教养，我对此感触颇深。"

"您这么一说，我就觉得更害怕了，娜奥秘小姐生性淫荡，即便是您善意地收留她和培养她，但是她肯定逃脱不了那种命运……"

我们在餐馆里聊了整整三个小时，走的时候已经七点多了，在沿着川崎的街道上行走的时候还是一直在聊。

"浜田君，你坐国营省线车回家吗？"

"走路的话太远了……"

"也是哦。我坐京滨线，如果他们在横滨的话，我觉得搭乘国营铁路不妥。"

"要不我也坐京滨线吧。只是，娜奥秘小姐到处去，有可能会在某个地方见到她。"

"这么说的话，肯定就不敢轻易出来了。"

"她肯定经常去舞厅，所以在银座附近最有可能遇到她。"

"大森也不行，距离横滨、花月园还有曙楼……也许，我会将那个房子退掉，另外去找个房子租住。但是我冷静下来之前，我不想看到他们。”

我和浜田一起乘坐京滨线电车，与他在大森分别。

二十四

真是雪上加霜，我还在饱受孤独和失恋的痛苦折磨时，我老家的老母亲因脑出血突然去世了。

与浜田见面之后第三天早上，我在公司上班的时候收到了有关母亲病危的电报，我赶紧去上野车站坐车，傍晚的时候赶到了老家。但是，母亲已经昏迷不醒了，她认不出我来了，两三个小时之后就咽气了。

我父亲在我小时候就去世了，母亲含辛茹苦地将我养大成人。我第一次体会到失去双亲的痛苦。另外，我和母亲的关系已经远远超过世界上任何一对母子了。想起之前的种种，我从没有顶撞过母亲，她也从来没有骂过我。不仅因为我尊重我的母亲，更因为她非常和蔼可亲，非常无微不至地关心我。世界上有很多家庭的孩子在长大成人之后会背井离乡去城市里，父母会一直牵肠挂肚，担心孩子会学坏，或者因此而导致两代人的关系疏远，但是我自从到了东京之后，我的母亲依然对我非常信任，她理解我，处处为我考虑。我是最大的孩子，我还有两个妹妹，自从我来城里之后，她肯定非常寂寞冷清，肯定感觉到孤苦伶仃的，但是她从来没有抱怨过什么，一直希望我能够在外面过得顺风顺水，将来有出息。所以，自从离开家乡之后，我更加能够感觉到我在她

184

身边的时候她的浓浓厚爱。尤其是，自从我跟娜奥秘结婚之后，还有后来我的任性的行为，母亲对我有求必应，我一直能感受到她的慈爱，总是会被她感动得热泪盈眶。

可我真没有想到我的母亲会突然离世，我在母亲的遗体旁侍奉着，就好像做梦一样，身不由己。昨天我痴迷于娜奥秘呢，这时候正在母亲的灵前烧香磕头，这两个世界的我毫无关联。我整日唉声叹气的，沉浸在这种悲伤中无法自拔，整日以泪洗面，这时候，不知道从哪里来的声音传到我的耳畔：昨天的我和今天的我到底哪个才是真的我？"你母亲的离世并非突然，她这是在惩罚你，是在教训你！"这个时候，又从另一侧传来这样的声音。所以，我开始更加怀念母亲在世时的点点滴滴，感觉到非常愧对她，悔恨的泪水汹涌而出。我觉得在众人面前哭有点尴尬，所以就悄悄爬到后山上，俯瞰着小时候记忆中的森林、小路还有田地的景色，泪流满面。

毫无疑问，这种痛彻心扉的感觉净化了我的心灵，我开始参透一切，这将我身心的污垢和肮脏洗干净了。如果不是经历这次的伤悲，我可能还无法忘记那个脏女人，还沉迷于失恋的痛苦中呢。这么想想，母亲的去世也是有意义的事情，至少对我来说是意义重大的。那时候，我开始厌倦了城市的喧嚣，我虽然也想将来要有出息，但是自从来了东京，我就沉迷于这种轻佻浮华的生活，没有安身立命的资本，也没有发家致富的希望。最后，我觉得像我这种从乡下来的人，还是适合过农村的生活，我觉得自己这样善罢甘休，回老家去，回到故土，去为母亲守墓，与村里的父老乡亲一起生活，做个农民，像我的祖辈那样。但是，我的叔叔和我的妹妹还有其他的亲戚都跟我说："这样决定太草率了。我们理解你现在的悲伤之情，但是难道一个男人要因为母亲去世就将自己美好的前程葬送于此吗？每个人都会有失去母亲的时候，过段时间，就慢慢地不再那么难过了。所以如果你真想回乡下的话，也得三思而后行。再说了，你突然提出辞呈，对公司也不好……"我真想当机立断跟他们说："不只是因为这个，其实我一直没有跟大家说，我的老婆已经跑了，不要我了……"但是因为不好意思跟乡亲们开口，当时大家都忙着，我没有将话说出口（关于娜奥秘没有参加葬礼的事情，我跟大家谎称她生病了）。头七做完法事之后，我让叔叔和婶子代劳帮我处理善后，保管母亲的遗产，我听大家的劝说然后回到东京。

但是，我去公司上班也觉得没意思，再说了，我目前在公司的名声大不如从前了。之前，我留给人的印象是踏实、勤劳、品行端正，但是自从娜奥秘的事情之后，我就名声扫地了，上司和同事们都不再信任我了，让我最难过的是因为母亲去世，我请假的时候竟然有人嘲讽我是借故休息。各种事情让我感觉越来越糟糕，二七的时候回老家住了一晚，我跟叔叔说"或许我很快会辞职"。他说"行啦，行啦"，但是没有同意。第二天，我只好硬着头皮又去上班了，上班的时候还能忍着点，但是从傍晚到晚上的这段时间就太难熬了，我还没决定回家乡还是继续留在东京，我没有搬家，还是一个人住在大森空荡荡的房子里。

我下班之后害怕遇到娜奥秘，所以尽量不凑热闹，我乘坐京滨线电车直接回大森。然后，我会在旁边的餐馆里随意叫点小菜或者面条当晚饭，吃完晚饭之后就无所事事了。没办法，我只好回到楼上的卧室，钻进被窝里，卧室还是在阁楼上的那个屋子，娜奥秘的行李还在里面呢。墙壁和房间的柱子上依然充满了我们两个人在过去的五年里那种放荡不羁、荒淫无耻和下三烂的氛围。具体地说，这种氛围就是娜奥秘肌肤的味道，她懒散邋遢，衣服脏了也不洗，随便揉成一个团就塞在房间里，房间里通风不好，那种气味就弥漫在整个房间中。我受不了了，转身到画室的沙发上去睡觉，但我还是睡不着。

母亲去世三周了，我在同年的十二月初终于拿定主意要辞职了，但是出于工作需要，跟公司商定到年底的时候再离开。我并没有跟任何人打招呼就下了决定，我一个人决定的，老家的人还都不知道。既然去意已决，我想到再坚持一个月就能解放了，我就开始慢慢恢复心情。虽然很淡定从容，偶尔有空的时候我可以读读书、散散步，但是我肯定不会去"危险区域"。有一天晚上，我实在是闲得无聊，我就朝品川方向走去。为了打发无聊，我走进了一家小电影院想看看松之助的影片。但是，当时正在演哈罗德·劳埃德的喜剧片，有个年轻的美国女演员跑来，让我不由自主地想起了之前各种情景，所以我想以后再也不看西方电影了。

十二月中旬，一个星期天的早上，我还在楼上睡觉（那时候，画室里面非常冷，我又去阁楼上睡觉了），楼下有动静，好像有人。哎，奇怪，我明明是将门锁上了……我正纳闷呢，接着传来熟悉的脚步声，肆无忌惮地踏着楼梯上楼了。我正吃惊，娜奥秘爽快地说了一句"你好"。她一下子打开了房门，站在我的面前。

"你好。"她又问候了一句，有点呆呆地看着我。

"你来干啥？"我懒得起床，用平静、冰冷的语气问她，心里还很吃惊，她竟然有脸回来。

"我吗？……我来拿行李。"

"来拿行李可以，但是你怎么进来的？"

"从大门口啊……我有钥匙。"

"走之前把钥匙留下！"

"好的，会给你的。"

后来，我翻过身，背对着她。她在我的枕头边整理包袱，过了一会儿，又传来解开腰带的声音。我定睛一看，她在我能看到的房间的一个角落里背对着我换衣服。刚才她进来的时候，我看到她穿的衣服了，她穿了一套从未见过的铭仙绉绸的衣服，也许是因为穿太久没有换了，衣领处很脏了，露着膝盖，皱皱巴巴的。她解开腰带，将那件脏兮兮的铭仙绉绸衣服脱下来，只穿着一件也脏兮兮的贴身的针织长衬衣，后来，她拿起刚找到的金线绉绸的长衬衫，轻轻地将其披到身上，扭动着身子，身上穿着的针织衬衫秃噜一下就掉到了榻榻米上面。后来，她又在外面穿上了一件她很喜欢的龟甲形花纹的大岛绸服装，用红白相间的方格花纹的伊达窄腰带用力系到腰上。我想她接下来会系上宽腰带，但是，没想到她冲我转过身，蹲下来换布袜。

她的光脚丫很吸引我，我尽量不看她那边，但是忍不住偷偷瞟了几眼。她肯定知道，故意将自己的脚趾头像鱼鳍一样摆弄着，时不时地偷偷看我的眼神。她换好之后，很快将脱下来的衣服整好，说了一句"再见"，拖着包袱走到了门口。

"喂，留下钥匙！"我这时候说。

"哦，对了。"她从手提袋里面拿出钥匙。"我放这里了。不过，我一次拿不了，我可能还会回来一次。"

"你不用来了，我会帮你打包好送到浅草去。"

"不能送浅草，不方便……"

"那送到哪里啊？"

"送哪里，还没想好呢……"

"如果你这个月不来拿的话，我就不等了，我会全部给你送到浅草去……你不能一直放在我这里！"

"嗯，我马上就来拿。"

"我跟你说清楚，雇好车，一次性都拿走。另外，找个人来拿吧，你别来了！"

　　"是吗……好，就这样吧。"

　　后来，她就走了。

　　我想，这下我可以放心了。但是两三天之后，晚上九点左右，当时我正在画室里看晚报，又听到"咔哒"一声，有人用钥匙在开门。

二十五

"谁？"

"是我啊。"

门同时被打开了。一个庞大的东西从屋外的黑暗中突然闯进来，看上去跟个黑熊似的，将外面的黑衣服啪的一声脱掉，露出了狐仙一般雪白的肩胛和臂膀，这个人身上穿着浅蓝色的法国绉绸连衣裙，是个年轻的西方女子，我不认识她。她丰腴的脖子上面带着彩虹一般闪亮的水晶项链，黑天鹅绒的帽子压低到将眼睛遮住了，只露出可怕的带有神秘色彩的白色的鼻尖和下颌骨，红唇格外引人注目。

"晚上好！"

她打了一下招呼，将帽子摘下来。"咦，她是……"经过一番认真打量之后，我终于看清她就是娜奥秘。这样一说太不可思议了，其实她本来就是这样的，变幻莫测，判若两人。不，如果只是改变了打扮的话也不至于让人认不出来，还是她的样貌最能骗过我的眼睛。不知道她施了什么魔法，从肤色到外形甚至到眼神，整张脸都变了，如果不是听她说话，就算她摘下帽子，我可能还觉得她是一位素不相识的洋女人。如上所述，她的肤色非常白，身材很丰满，露着的部位全都像苹果的果肉那般白皙。在日本女人当中，娜奥秘的皮肤不算是黑的，但是也不至于这么白。现在，看到的露到肩膀处的手臂简直是太白了，都让人不敢相信这是日本人的。之前，在帝国剧场欣赏管乐伴奏的歌剧时，我就对西方女演员白皙的玉手很着迷，现在的娜奥秘的胳膊都可以跟她相比了，不，简直比她的更白皙。

娜奥秘穿着浅蓝色柔软的衣服，脖子上戴着项链，脚上穿着一双带钻的高跟皮鞋，她微微扭动着身体款款而来。啊，我记起来了，上次浜田跟我提起过那双灰姑娘的皮鞋。她一只手叉着腰，胳膊肘往外翘着，扭动着小蛮腰，有点得意，样子有点滑稽，肆无忌惮地站在我的面前，把我惊得目瞪口呆的。

"让治，我来拿行李。"

"我不是跟你说过你别来了，找个人来就行吗？"

"可没人帮我来拿啊。"

娜奥秘说话时身体也没闲着，她故意正儿八经地板着脸，将双脚并在一起站直了，一会儿朝前迈出一小步，脚跟踏在地板上，相应地改变手的位置。她耸耸肩膀，就好像铁丝一样浑身的肌肉都绷紧了，身体的各个部位都有活跃的运动神经。伴随着她的动作，我的视觉神经也开始紧张，她举手投足之间，她的身体的一举一动都没有逃过我的眼睛。我仔细打量她的脸，怪不得我都认不出她来了呢：她的刘海剪成了两三寸长，梳得很整齐，就好像中国女孩的那种垂在额前，像门帘一样。她将其余的头发扎起来，头顶上的头发均匀地覆盖在耳朵上方，就好像是戴了一顶大神帽。她之前从来没有梳过这种发型，一定是因为她换了这个发型才看上去像是判若两人。再好好看看，她修了眉毛，之前与生俱来的是又粗又浓的，现在很细长，还打了弧形的眼影，细长的眉毛周边的杂毛都被刮干净了，只剩下眉毛茬子，很明显她这是精心打

扮了一下。只是，匪夷所思的是，不知道她用了什么魔法彻底改
变了眼睛、嘴唇和皮肤的色彩。眼球就好像是洋女人的，可能是
因为修眉的结果吧，除了这个也好像没别的办法。我认为可能是
在睫毛上做了点小文章，但是不知道怎么弄的。她的上嘴唇中间
就好像是樱花的花瓣裂成了两半，跟普通口红的颜色不一样，那
种红就好像是一种逼真的自然色。她的肌肤细嫩光滑，就好像是
天生的，并没有经过化妆一样，不只她的脸上的皮肤白皙，她的
肩胛和手臂到手指都很白皙。如果是需要涂白粉的话，那得全身
涂满才可以的。我还觉得眼前的她太高深莫测，太妖艳有点让人
怀疑了，如果说她是娜奥秘，倒不如说她是在灵魂的某种作用下
变成的理想而又美丽的幽灵了。

"可以吧？我去二楼拿行李了……"她的幽灵说道。

只是，我听声音觉得真是娜奥秘，并非她的幽灵。

"嗯，行啊……行是行，但是……"很显然，我有点慌乱，
声音很细，"你，如何将门打开的？"

"如何打开，用钥匙啊。"

"钥匙，你上次不是给我留下了吗？"

"钥匙啊，我配了好几把，又不是只有一把。"

她这个时候第一次咧开红嘴巴微笑起来，眼神中充满风骚和
嘲笑。

"现在跟你说吧，我配了好几把相同的钥匙，给你一把，也
无所谓。"

"但是，你这样经常来的话我受不了的！"

"不要紧，如果我将我的东西都拿走了，就算你让我来我也
不来了。"

她以鞋跟为支撑，打了一个转，咚咚咚地踩着楼梯朝阁楼的

房间跑去了。

　　她在阁楼的房间里到底待了多久呢？我靠着画室的沙发靠背，等她下楼，有些不知所措……这段时间是短短的五分钟，还是半小时或者一小时呢？……我不知道具体多久，只是今天晚上感觉娜奥秘就像听到的美妙无比的音乐那样，让我沉迷其中久久不能自拔，这种音乐就好像来自高远纯净的世外桃源的女高音，那种地方没有爱恋，也没有情欲……我能感受到的就是沉醉于这种遥远的虚无。我反复在想，今天晚上的娜奥秘跟之前那个荡妇不可同日而语，之前那个她就跟娼妇一般，还有一个由很多男人赠的下流绰号。对我这种男人来说，她今天晚上是最高贵的、最值得青睐的偶像，我只有拜倒在她面前崇拜的资格。如果她那雪白的手指轻轻碰一下我，我会受宠若惊，肯定浑身颤抖。怎么样才能让读者了解这种心情呢？——如果一个乡下的父亲来东京，有一天在街上碰到从小就离开家的亲女儿，但是，女儿已经成了高雅的妇人了，看见寒碜的乡下农民也无法认出这个人就是自己的亲爹。但是父亲能够认出闺女来，可由于身份不同，两个人之间的差别很大，所以不敢接近她，只是想这就是自己的女儿，有点吃惊和羞愧，所以赶紧慌慌张张地走掉。——我此时此刻的心情就跟那个父亲一样，有些落寞又有些庆幸。还像一个被未婚妻抛弃的男子，五年或者十年之后，有一天，在横滨的码头上看到了一艘抵达港口的商船，有一大群回国的日本人从船上走下来。但是，他突然从人群中看到了自己的未婚妻，虽然知道她是留洋回来，但是却不敢走近她。原因是自己还是一个穷学生，而她早就没有了村姑的土气，已经成了一个时尚女郎，习惯了巴黎和纽约那种奢华的生活，两个人之间的差别太大了。——这时候，我又像那个书生那样，一方面因为自己的贫穷被抛弃而感到自惭形秽，一方面又因偶然发现前女友过上好日子而觉得开心。虽然我无法说清楚自己的想法，但还是勉强地打这两个比喻。总体来说，之前的娜奥秘已经不再纯洁了，就算今天晚上她那天使般的雪白的肌肤掩盖了那些污点，只要想想当时那种让人恶心的情景，也觉得当前的她神圣而无法触碰。难道这是在做梦吗？如果不是的话，她到底是从哪里学到这套魔法，掌握这种妖术的？她在两三天之前还穿着脏了吧唧的铭仙绸绸衣服呢……

咚咚咚，又传来有力的下楼声，我又看到了那带钻的皮鞋停在了我眼前。

"让治啊，我两三天后再来。"

……虽然她在我面前站着，但是我们两人之间有三尺的距离，她的衣服下摆在习习微风中随风飘逸着也不想碰我一下……

"我今天晚上就拿了两三本书，我没法一次带走这么多的行李，再说了我还穿着这身衣服……"

我在这时候闻到了一股熟悉的味道，啊，这味道……让我想起来海外遥远地方奇妙的花园里的奇怪香味……交谊舞老师舒烈姆斯卡娅伯爵夫人身上就有这种味道，娜奥秘跟她用的是同样的香水。

不管她怎么说，我只是"嗯嗯"点头回答。她最终消失在夜色之中了，我敏锐的嗅觉好像是在探寻，追寻着她留在屋子里的渐渐变淡的香味……

二十六

　　各位读者，可能你们根据我前面的描述，已经猜到我和娜奥秘没多久之后就和好了吧——有这种想法一点都不奇怪，是水到渠成的事。实际上，如各位读者所想的会有这样的结果，但是没有想到费了一番工夫才有这样的结果，我又被骗了很多次，还白白浪费我很多努力。

　　自从那天晚上之后，我和娜奥秘的关系又恢复了，我们的谈话不再拘谨，原因是娜奥秘在第二天、第三天的晚上以及以后的每天晚上天天来拿东西。她来到这里之后就立刻跑到二楼将东西包好，但只不过是用一些小方绸巾包一些小东西。

　　"你今天晚上来拿什么？"我问。

　　"你问这个做什么？没什么，都是小东西。"她含糊其词，"我渴了，能否喝杯茶？"

　　她说着就走到了我的旁边，跟我聊二三十分钟就走了。

　　"你在附近住吗？"有一天晚上，我们俩坐在桌子两侧喝红茶的时候，我问她。

　　"你问这个做什么？"

　　"问问也没啥吧。"

　　"只是，为什么要问呢？……知道了又怎么样？"

"不怎么样，只是好奇罢了。……嘿，你在哪里住啊？跟我说说又何妨。"

"不，不跟你说。"

"为什么？"

"我没义务满足让治的好奇心，你想知道的话，可以跟踪我啊。让治最擅长当侦探了。"

"用不着，只是，我觉得你可能就住在附近。"

"哎，为什么呢？"

"你每天晚上不是都来拿东西吗？"

"每天晚上都来也不代表就住在附近，还可以坐电车和汽车啊。"

"那你还专门从很远的地方来啊？"

"这，怎么说呢……"她说着就故意巧妙地换了个话题，"你说我每天都来不行吗？"

"不好说……我不让你来，你还是大摇大摆地来，我也拿你没办法……"

"说的对，我就是故意这么作对，你不让我来，我非要来不可……你害怕我来吧？"

"嗯……有点儿……"

她将头抬起来，露出白白的下巴，张着红红的嘴巴，扑哧笑了。

"别怕，我又不干什么坏事。我只是想将过去忘得一干二净，以后只和让治做朋友，做一个普通朋友，可以吧？不会不方便吧。"

"只是，感觉怪怪的。"

"有什么怪怪的？之前的夫妻变为朋友有什么奇怪的！那种观念已经陈旧了，落伍了。……说实话，我没有将之前的事情放在心上。只是，如果我现在想勾引让治的话，在这里就能做到。我决定再也不这样了。让治终于下定决心了，我如果再勾搭你，实在不好意思了……"

"难道你是因为觉得不好意思，可怜我，才想跟我做朋友吗？"

"我没这样想，只是如果能让让治振作起来的话，怎么会让别人可怜呢？"

"想不通。我正准备振作起来呢，如果再跟你交往的话肯定又要颓废了。"

"让治啊，你就是个傻子……你这么说的话是不想跟我做朋友啊？"

"是的，不想。"

"你不想的话，我就勾引你！……我要让你的决心溃败，把你搅和得天昏地暗。"她说着就半开玩笑似的笑了，那种眼神很奇怪。"你到底是想当个普通朋友还是要被我引诱再次吃苦呢，你自己选。……我今天晚上就要你的答案。"

我当时在想她为什么跟我做朋友，她每天晚上都来，肯定不只是为了调侃讥讽我几句，肯定还有别的目的。难不成是想和我做朋友，然后再逐渐诱惑我，自己不认错，还可以和我和好如初？如果她真是这么想的话，不必要如此费尽周折，我也会爽快地答应的。原因是，我早已经情不自禁地欲火中烧了，我肯定不会拒绝和她再次发生关系。

我觉得时机恰当的时候就可以主动提出来："娜奥秘啊，当一般的朋友多没劲啊，还不如之前那样做夫妻呢。"但是，看到她今天晚上的样子，就算我再次跟她表白，想必她肯定也不会答应。

如果她早就明白我想什么了，可能会变本加厉地讽刺我："别说了，我只想和你做普通朋友。"

如果我这样表白之后她这样对我，我就是在自讨苦吃了。尤为重要的是，如果娜奥秘并不是真的想跟我结成夫妻，只是为了宣扬自己是个完全的自由者，只是为了更好地将各种男人玩弄于股掌之间，也是为了更好地牵着我鼻子走，我就更不能信口开河。还有，她至今还没告诉我住址，让人觉得她肯定还跟别的男人在交往，如果就这样草率地跟她重归于好，那肯定没好果子吃的。

思考片刻之后，我也冷冰冰地笑着说："就做普通朋友吧，我也无法忍受你的胁迫。"其实我想的是：先临时跟她交往，摸清楚她的真实意图，如果她还有再续前缘的诚意，我再告诉她我的想法，这样既能够有机会跟她重归于好，又能占得先机。

"如此说来，你同意了？"她开心地看着我的脸说，"可让治，只是普通朋友哦。"

"哎，当然了。"

"我们都别想三想四了。"

"知道……不然我也不好办！"

"哼。"她和以前一样用鼻子冷笑一下。

跟她谈了这一次之后，她来的次数更多了，我下午下班回到家，刚到家她就随着一句"让治"跟小燕子一样飞了进来，"今天晚上请我吃饭吧？都是朋友了，请我吃顿饭还是可以的吧。"

所以，我就请她吃西餐，她吃饱之后才回去。

有一天晚上，天下着雨，她突然来敲我卧室的门。"你好！睡觉了吗？……如果睡了就不用起来了，我今天想在这里住一晚上。"

她自言自语地跑到旁边的房间里铺好床睡下，有时候，我早上起来的时候看见她也在这里住了，她睡得正香呢，经常将"谁让我们是朋友"这样的话挂在嘴边。

这个时候，我深刻感觉到她天生就是个荡妇。她其实就是个朝秦暮楚的女人，在很多男人面前可以肆无忌惮地露点，她还知道平日里需要将其藏起来，就算是很小的部位也不能让男人看见。她平常需要将这可以公开示人的肉体遮挡起来。——我觉得这就是荡妇想保护自己的本能，因为她的肉体才是她最宝贵的"卖点"，是"商品"，需要保护，甚至比贞操还需要严格保护。如若不这样保护的话，肯定就没啥"卖点"了。她明白这个，所以她在作为前夫的我面前还将身体包裹得严严实实的。但是，她真的无懈可击吗？实际则不然，有时候，她会特意在我面前换衣服，假装衬衣不小心滑落下去，"唉哟"一声，然后两只手抱着裸露的肩膀跑到隔壁的房间里面；有时候洗澡之后，在梳妆台将衣服脱下一半，就好像看到我在的时候让我走："哎，让治，你不能在这里待着，去那边！"

我就在她不经意间看到了她一小块肌肤，如脖子周围、胳膊肘、小腿肚子和脚后跟，虽然很小块，却能看得出来她现在的肌肤比之前更加圆润有光泽了，非常美，让人不禁赞叹。我想象着将她脱得一丝不挂，尽情地欣赏她的曲线美的情景。

"让治，你在呆呆地看什么呢？"有时候，她会转过身一边换衣服一边问我。

"看你的身体啊，看上去比之前更加细嫩了。"

"哎，真讨厌！……女人的身体怎么能够随意偷看呢？"

"我没偷看，就算你穿着衣服我也基本上清楚。你的腚本来就大，最近好像更圆润了。"

"是的，屁股越来越大了，成了肥臀了。只是我的腿还是那么长，不像是萝卜腿哦。"

"嗯，你的两腿从小就很直，并起来的时候一点缝儿都没有，现在还那样吧？"

"对，没变。"她说着就将身体用和服包住了，直绷绷地站在那里，"看，能并拢吧？"

此时此刻，我的脑海中浮现出曾经看到的罗丹的雕刻的照片。

"让治，你想看我的身体吗？"

"我想看，你让我看吗？"

"不行的，咱俩不是普通朋友吗？因此，请你在我换好衣服之前去那边。"

她将门砰的一下关上，好像是狠狠捶了我的背一下。

她总是这样挑逗我，让我欲火中烧，但是又在前面设个难以攻破的坎，让我无功而返。我们俩之间好像有一块玻璃幕墙，不管怎么努力，都无法突破最后一点距离。如果就这样贸然出手，肯定会撞到这堵墙，即使再欲罢不能也够不着她。有时候，她好像将中间的隔墙拆掉似的，我还以为真的是"时机成熟"了，可是走近一看，那堵墙依然在。

"让治啊，你真是个好孩子，我赐你一个吻吧。"

她经常跟我半开玩笑似的说。我知道她在调侃我，但是当她递过嘴唇，我正要吮吸的时候，她又快速躲开，在离我二三寸之外的地方对着我的嘴吹气呢。

"普通朋友就是这么接吻的。"她说着狡猾地笑了。

这种"普通朋友似的吻"成了一种很奇怪的打招呼方式——我不够到她的唇，只能满足于吸一口她呼出来的气。这样，让我们俩养成了习惯。"再见，我还会回来的。"我们分开的时候，她噘着嘴朝向我，我凑过脸去，就好像打开吸入器的阀门那样张开嘴巴，她朝着我的嘴里吹出一口气。我闭着眼睛，深深地将她的气息吸入身体，回味悠长地将其咽下，然后藏到心底。她的气息温暖湿润，有一股甜蜜的花香味儿，让人感觉那不是来自人的肺部。她说为了诱惑我，她偷偷地在自己的嘴巴上擦了香水，我对此并不知情，只是后来才听说的。我反复想过，一旦女人变得跟她那样成了妖妇，五脏六腑也会变得与众不同，所以，她体内通过嘴巴呼出的气息也这样妖娆、风骚。

我的头脑就这样慢慢被迷惑，开始心烦意乱，让她牵着鼻子走。目前，我没有再说过"我们必须正式结婚"，"我不想被你玩弄于股掌之间"等话了。实话实说，我一开始就知道结果，如果真害怕被她诱惑，只要不跟她来往就行了，那些所谓的"想知道她的真实意图"和"为了让自己占得先机"等话语都只不过是自欺欺人罢了。一方面，我觉得她的引诱让人害怕，但是内心却期盼着她诱惑我。但她一直都在玩那种"普通"朋友的无聊把戏，并没有更认真地勾引我。想必，她是欲擒故纵，等到我欲火焚身，忍无可忍时，她才觉得"时机成熟"，才会卸下"普通朋友"的伪装，伸出她的魔爪，得意扬扬地对付我，她不会善罢甘休的。但是我呢，只能将计就计了，她让我朝东我不敢朝西，让我干吗就干吗，我对她言听计从，最后才能有收获。我整日整夜地都在偷听动静，看看有没有变化，看来我的想法一直都实现不了。我感觉今天她会卸下伪装，明天就会出手了，但是每到关键时候，她都巧妙地躲过去了。

这样一来，我都快憋不住了，都要叫起来了："我等不及了，如果要勾引我，就给我来个痛快吧！"我主动地表现出自己的各种毛病，让身体露出破绽，我都巴不得赤身裸体去勾引她了。但是她还是无动于衷，就像训斥小孩一样，用那种眼神训斥我："让治，你要干什么？你这样就违反了我们的约定啊？"

"管他什么约定呢，我已经……"

"不，不行！咱俩只是普通的朋友！"

"行啦，娜奥秘……别这么说了，算我求你了……"

"嗨，你还真能磨人！我说不行就不行！……好，我亲你一下算是补偿你吧。"

接下来，她和之前一样"呼"地吹了一口气。"可以了吧？你不憋着不行！我这样已经超越了普通朋友的界限了，已经专门厚待你了。"

但是，她这种"专门"的调情方式刺激着我让我神经紊乱了，让我无法静下心来。

"妈的，今天又不行了！"我更着急了。

她走了，跟一阵风似的，我无所事事，开始生闷气，就像一头困兽一样，在笼子里到处乱窜，看到屋子里的东西就开始砸得稀巴烂，以此来出气。

这种发疯的感觉就像是患了精神病一样，让我很烦，她每天都来，所以我每天都发一次疯，我的这种发疯跟普通的发疯不同，每次发作完之后不但感觉不到浑身轻松，心情平静之后，反而会比之前更加清楚，对她的身体的每个部位更着迷，她换衣服时从衣服的下摆中偶尔露出来的脚部，还有吹气的时候在靠近我二三寸地方的红唇出现在我的眼前，比当时看见的时候更清晰。更奇怪的是，她的嘴唇和脚部的曲线让我插上想象的翅膀，竟然让她之前掩盖的身体部分也好像底片一样逐渐显出清晰的影子。最后，我在心底突然出现了一座高耸的与全大理石的维纳斯雕像相同的雕像。我的脑海中成了一个用天鹅绒帷幕搭起的舞台，有一个叫"娜奥秘"的演员在舞台上，各路灯光齐刷刷地照来发出强烈的灯光，将她在黑暗中舞动着的雪白的身体包裹起来。我盯着她看，眼睛一动不动的，只看到她身上的光愈发光彩夺目，燃烧起来，有时候甚至会烧到我的眉毛了。就好像电影中来个"大特写"，将身体的部位放大到很清晰的程度……想象着这种情景，让我的身体受到了刺激，就好像是在现场一样，唯一的遗憾就是不能伸手去摸，其他的感受都比真人要舒服。因为太专注了，后来我竟然有点晕了，全身的血液汇流到脑子当中，心跳也加速了，所以，我有一次歇斯底里地发疯了，将椅子踢倒了，将窗帘扯下来，将花瓶砸个稀巴烂……

我的妄想症日益严重，每当闭上眼睛，我的眼眶里就会有娜奥秘的影子，我经常想起她身上的香味儿，隔空张开嘴，大口地吸周边的空气；在走路的时候，在屋里待着的时候，只要想到她的嘴唇，我就觉得周围的空气充满她的气息。可以说，她就是个魔鬼，天地之中无处不在，将我包围了，让我崩溃，听我痛苦的呻吟，还盯着我嘲笑。

有一天晚上，娜奥秘跑来跟我说："让治啊，你最近好奇怪，怎么了？"

"怎么了，还不是太想你了……"

"哼……"

"你哼什么？"

"我是严格执行我们的约定。"

"你打算等到何时？"

"永远。"

"瞎说，再这样的话我都要疯了。"

"我告诉你个好办法吧，用自来水往头上浇一下就行了。"

"喂，你真想……"

"又来了。你只要有这种眼神，我就更想戏弄你！别挨我这么近，离远点！不许动我！"

"没办法。给个友情亲吻吧。"

"你老实点，我就给。只是，以后你还会发疯吗？"

"发疯就发疯吧，我管不了了。"

二十七

那天晚上，我跟她坐在桌子两侧，我一点儿都够不着她了。她还兴致勃勃地看着焦躁不安的我，跟我聊天到半夜。

十二点的时候，她又用嘲讽的口气跟我说："让治啊，我今天晚上还得住这里啊。"

"哎，住吧。明天是周日，我一整天都在家里。"

"只是，我有话先说头里哈，不要因为我住下就强迫我答应你的要求。"

"不，你想多了。你也不是有求必应的女人。"

"如果都听你的，你会觉得挺好吧。"她说着，就扑哧笑了，"你先去睡觉吧，别说梦话哈。"

我被她轰到阁楼上去，然后去了旁边的那个房间，将门锁咔嚓一声锁上。

我肯定睡不着，小心听着隔壁的动静。之前，我们还是夫妻的时候从来没有干过这种蠢事，我睡觉的时候，她肯定在我身边躺着，想到这些的时候，我就觉得自己太窝囊了。娜奥秘在旁边的那个房间里，她在地板上不断发出乒乒乓乓的动静，她可能是故意这么做的。将床铺好，将枕头拿出来，准备睡觉。但是，我太了解她了啊：她在将头发解开，将衣服脱下来，将睡衣换上，然后将棉被掀开，自己扑通一声躺上去。

"声音怎么这么大呢？"我有点自言自语，也有点故意让她听到的意思。

"还没睡觉吗？你睡不着吗？"她在隔壁立刻回应。

"啊，怎么也睡不着……我想起来很多事。"

"呵呵呵，让治想的事，我可能也知道。"

"奇怪了，你在隔壁的房间里睡觉，我却发愁……"

"这有什么奇怪的。很久之前就这样了，我第一次来让治家的时候……当时就是和今天晚上这样睡的吧？"

她这么一说，我心里有点温暖，想起当时的情景，感觉我们都很单纯。但是，对欲火中烧的我来说，这些都不管用，反倒是让我觉得我们俩的感情多么深厚，我是急切地认为我离不开她。

"那时候，你很单纯。"

"今天也很单纯啊。如果说有邪气的话，那是你啊！"

"你随便，我打算穷追到底！"

"呵呵呵。"

"喂。"我叮叮咚咚地敲着隔壁的墙。

"呲，你干吗？这里又不是郊区的独栋屋，你安静点！"

"这墙太碍事了，我想将它砸掉。"

"太吵了，今天晚上老鼠要蹿出来了。"

"当然要蹿出来！这只老鼠要发疯了。"

"我讨厌这只老老鼠！"

"浑蛋！我老吗？我才刚三十二。"

"我才十九呢。对一个十九岁的人来说，三十二岁不就是个老头子吗？我劝你还是再找个老婆吧，再找个老婆就能治好你的神经病。"

不管我怎么说，她总是呵呵地笑。一会儿之后，她说："我要睡觉了。"过了一会儿就传出呼噜呼噜的鼾声，是故意装的，只是没多久之后就真睡着了。

第二天早上，我睁开眼睛，看到娜奥秘穿着一身邋遢的睡衣在我的枕边坐着。

"怎么了？让治，你昨天晚上闹腾得很厉害。"

"嗯，最近我经常会发神经，你害怕吗？"

"怪有意思，我还想看你再发一次疯。"

"已经好啦，今天早上已经完全正常了……啊，今天天气真不错。"

"天气不错就起床吧！已经十点多了，我都起来一个多小时了，我洗完澡了。"

她这么一说，我就躺在那里欣赏她刚沐浴完之后的姿态，据说女人的"浴后姿态"的真正的美，并不是在刚刚洗完澡的时候，而是在十五分钟或者二十分钟达到最佳状态。不管肌肤有多美，在浴池里泡一会儿，手指头等地方都会膨胀发红，洗完澡之后一段时间就会冷却下来，肌肤就会像凝固的白蜡那样通透。现在，娜奥秘刚洗完澡回来，外面的冷风吹拂之后，就是浴后姿态最佳的时候，她的肌肤细腻白嫩就好像凝脂一般，身上还夹杂着湿润的水蒸气，丰满的胸部藏在浴衣的衣领下面，展现出紫色的阴影就好像水彩画颜料一般。她的脸庞，晶莹剔透，丰满圆润，就好像上面贴了一层明胶的面膜那样光滑。眉毛上面还有一些水珠，看上去湿漉漉的。冬天的万里晴空将青色通过窗户映衬在她身上。

"怎么了，一大早就去洗澡。"

"怎么了？不关你事……啊，真是太爽了。"

她用手掌轻拍鼻子的两翼，发出吧嗒吧嗒的声音，突然把脸伸到我的眼前。

"嗨，你好好看看，我有胡子吗？"

"啊，真有！"

"我去理发店顺便刮刮胡子行吧？"

"但是你之前不是不喜欢刮胡子吗？你还说西方女人肯定不会刮脸的……"

"但是，最近美国流行刮脸啊。哎，你看看我的美貌吧，美国的女人就将眉毛刮成我这种的。"

"哈哈，原来是这样啊。你最近脸形有变化，将眉毛刮成这样，形状都发生变化了，怪不得呢！"

"哎，就是嘛。到现在才发现啊，真是落伍了。"

娜奥秘说着就摆出一副若有所思的架势，她忽然问道：

"让治，你以后真不发疯了吗？"

"嗯，好啦。怎么了？"

"你好了，但是我有事需要你……我现在不想去理发店，你能帮我刮脸吗？"

"让我做这个，你想让我再次发疯吗？"

"怎么会呢，我是真的恳求你，行行好吧。只是，如果你真发疯，把我弄受伤了的话，肯定不行。"

"我借给你安全剃须刀，你自己动手不就行了吗！"

"当然不行，自己刮脸可以，脖子周边到肩胛骨下面都要刮。"

"咦，为什么要刮到那边呢？"

"需要，穿晚礼服的时候，整个肩胛骨会露出来的……"她说着还故意将肩胛骨的一部分露出来，"看，需要刮到这里！自己怎么刮？"

她接着又匆忙将肩膀藏到衣服里面，娜奥秘虽然喜欢用这样的方式，但是对我来说，这种诱惑无法抵抗。她肯定不想刮脸，甚至早上洗澡也只不过是她耍我的手段而已。——我虽然心里清楚，但是，我还从没有给她剃过毛呢，只有这时候才能够有机会靠近她仔细观察她的肌肤，才有机会触摸她的肌肤。我想到这里，就没了拒绝她的勇气了。

　　我用煤气炉给她烧开水，然后将水倒入脸盆里，换上美国吉利剃须刀的新刀片。当我尽量准备的时候，她将桌子搬到床边，在上面放了一面小镜子，将两腿分开，一屁股坐在了凳子上，然后用一块白色的大毛巾将衣领周围围住。当我绕到她后面的时候，将科尔盖特牌的肥皂棒上放点水，即将开始刮的时候，她说：

　　“让治，你帮我刮脸行，但我有个要求。”

　　“什么要求？”

　　“是的。但并不太难。”

　　“什么事？”

　　“不要趁给我刮毛的机会到处乱摸我，帮我刮的时候，别碰我。”

　　“可，你……”

　　“有什么不行的。不碰也可以刮啊。用肥皂泡刷涂液，然后用吉利剃须刀……理发店里有经验的师傅都会这么做。”

　　“把我当理发师傅看啊，我受不了。”

　　“别说大话了，实际上你心里很想让我请你刮呢！……如果你不愿意，我也不勉强你！”

　　“不是不愿意，别说了，给你刮还不行啊。我都费了那么大劲给你准备好了。”

　　我看着她露在外面的后颈上那长长的头发，无奈地说。

"那么就按我说的做？"

"嗯，好的。"

"一定不要碰我！"

"嗯，不碰。"

"如果碰到的话，我就会立马让你停止。把你的左手放在膝盖上。"

我乖乖地只用右手从她的嘴边刮起来。

她目不转睛地看着镜子，陶醉在用剃须刀刮蹭肌肤的爽快当中，乖乖地由我来摆弄。她的呼吸声很均匀，就好像睡着了似的，我看她的下巴下面的颈动脉微微起伏。我的脸靠得她很近，她的眼睑都快要碰到我的脸上了。窗外的空气非常干燥，早上，明媚的阳光照耀着，她的每个毛孔清晰可见。我从未在这么明的地方这么仔细地看自己心爱的女人的五官。通过仔细观察，她的美貌如巨人一样伟大，带着强大的力量冲向我，她的眼睛大且深邃，鼻子有点像漂亮的建筑物那样挺拔好看，法令纹和鼻子下面丰满圆润的红唇，啊，这就是成为"娜奥秘容颜"的奇妙的物体吗？这就是导致我烦恼的根源吗？……这么想想真是难以置信，我禁不住拿起刷子在这个物体上使劲涂刷，上面有很多肥皂泡，但是不管我怎么搅动刷子，它都很乖，很安静，只是在有点弹性地微微颤动……

……我拿着的剃须刀就好像一只银色的虫子在她柔滑的皮肤上慢慢往下爬行，从脖子后面到肩胛骨的位置。我看到她丰满、健硕的脊梁，像牛奶一样白。她平常可以看到自己的容貌，但不知道是否了解自己还有这么好看的脊背呢？也许她不知道。还是我对这个最了解，我之前每天都用热水给她冲洗脊背，那时候搓的肥皂泡也和现在这么多……那是我曾经最爱的。我的手和我的手指之前就在这样美丽的白雪上面玩耍，在这脊背上自由自在、快快乐乐地起舞，今天还留着当时的痕迹呢……

"让治，你手哆嗦了啊，再用点心……"

娜奥秘突然说话。我头疼，口干舌燥的，我也知道自己的身体情不自禁地颤抖。我大吃一惊，觉得神经错乱了，所以尽量去压抑，突然感觉脸上一阵冷一阵热的。

但是，她还不只这么"任性"，刮完肩膀的体毛之后，她将袖子挽起来，将手臂抬高，说："现在给刮一下腋窝吧。"

"哎，刮腋窝？"

"对，是的……穿洋服就得将腋窝刮干净，不然很不礼貌。"

"你太会折腾人了！"

"怎么折腾人，你这个人真奇怪……我觉得有点冷，快点儿。"

我突然将手里的剃须刀扔了，扑向她的臂膀——如果说是扑向，还不如说是咬向——她好像是预料之中的，立即翘起胳膊肘将我顶回去了。我的手指在这个时候好像已经碰到她了，由于肥皂水太滑了，哧溜一下。她再次用力将我推到了墙壁上，然后就大声叫着"你要干什么呢！"，接着站了起来。

我仔细看了一下，她的脸色——不是开玩笑——有点惨白，很瘆人。我想，我肯定也是铁青着脸。

"娜奥秘，娜奥秘！你别再调戏我了行吧？"我都听你的。

我完全不知道当时说了什么，只是说话的语速很快，非常着急不安的样子，就好像是发了高烧之后梦呓一般。她直绷绷地站在那里，瞪着我，一声不吭。

我冲到她的脚边，跪下说："哎，为什么不说话呢？你说啊！不同意的话就把我杀了吧！"

"神经病！"

"神经病不好吗？"

"谁愿意理你这样的疯子。"

"那就把我当马骑吧，和之前一样在我身上骑着。如果不同意别的，就把我当马吧。"

我说着趴在地上了。

刹那间，她以为我是真疯了，她铁青着的脸有些发黑了，瞪着我的眼睛，里面有一些很可怕的神色。但是，她突然露出一种胆大无畏的表情，一下子骑到我的背上，用男人的口气说："嗨，这样可以吧？"

"嗯，可以！"

"以后你什么都听我的吗？"

"嗯，听！"

"我想要的，花多少钱你也愿意吗？"

"愿意！"

"我想干什么就干什么，你保证不干涉？"

"不干涉！"

"不能叫我'娜奥秘'，要叫我'娜奥秘小姐'，可以吧？"

"可以！"

"保证能做到吗？"

"保证。"

"那好，我不再对待你像马一样，我会对待你像人一样。你也挺可怜的……"

接着，我们俩开始嬉闹，搞得满身都是肥皂泡……

"终于，我俩又成了夫妻了，以后我再也不会让你逃走了！"我说。

"我离开你，你真那么难过吗？"

“啊，当然了。有段时间，我以为你以后不会来了。”

“怎么样，知道我厉害了吧？”

“知道，太明白了！”

“那么，别忘了刚才说的话哈，以后我想干吗就干吗……就算做夫妻，我也不喜欢相互监督的关系。否则，我肯定还会走！”

“以后，‘娜奥秘小姐’和‘让治先生’又可以在一起过日子啦。”

“可以让我经常去跳舞吗？”

“嗯。”

“我可以跟各种朋友来往吗？你不会再像以前那样凶我吧？”

“嗯。”

“只是，我已经不和阿雄来往了……”

“哎，你和阿雄绝交了？”

“是的，他那种人不是人。……以后我尽量多和洋人做朋友，他们比日本人有意思。”

“是横滨那个叫马卡聂耳的洋人吗？”

“我有很多洋人朋友。就算是那个马卡聂耳，也没什么好吃惊的。”

“哼，怎么说呢……”

“我说你，不能那么怀疑我！我这么说了，你就得信！行吧？行了，你是信呢还是不信？”

“信！”

“我还有别的要求……你把工作辞了，以后打算干啥？”

“被你甩了之后，我本来打算回老家的。只是，现在这样的话，就不能回去了。我想打理一下老家的财产，将其变现，然后取出来。”

“变现的话大概有多少钱？”

“这个嘛，想必有二三十万元吧。”

"这么少啊？"

"那么多，还不够咱花吗？"

"够奢侈地花吗？"

"奢侈地花肯定不行！——你可以去享受，我准备开间事务所，一个人创业。"

"你不要把钱都砸到你的事业上啊，将让我享受的那笔钱拿出来好吧？"

"啊，行啊。"

"那好啊，先给我一半吧。有三十万元的话就给我十五万吧，有二十万的话就给我十万吧……"

"你算得这么细啊。"

"当然了，还是一开始就把条件讲明白吧！——怎么样？同意吗？开这样的条件，你是不是就不愿意娶我为妻了？"

"我没说不想啊……"

"不愿意就直接说，现在说还来得及。"

"我不是说了可以吗……我愿意……"

"还有啊……既然都这样了，就不能在这里住了，还是搬到一个更豪气和洋气的房子里去吧。"

"当然了。"

"我想到洋人的街区去住，住西式的房子，有漂亮的卧室和餐厅，再雇上厨师和用人……"

"东京有那种房子吗？"

"如果东京没有，横滨有。横滨的山手有一个房子在出租，我以前去看过了。"

我这才知道她的计谋，她实际上从一开始就精心策划，步步为营，并且成功将我钓到手。

二十八

下面我要说的是三四年之后的事情。

我们后来搬到了横滨，娜奥秘早就在山手那边看中了一套洋房。只是，她之前奢侈惯了，这个地方看起来也有点不够宽敞，有点憋屈了，过了没多久，我们就买下了位于本牧的一套房子，连家具一起买下来了，这套房子曾经是一家瑞士人住的，买下之后我们就搬进去了。山手那边的房子在那次大地震之后被烧毁了，本牧这边的房子基本上都逃过了一劫，我家的房子也只是墙壁裂开了一些，受损程度不是很严重，真是不幸中的万幸了。因此，我们到现在为止都一直在那个房子里住着。

我根据计划将大井町公司的工作辞掉了，打点好老家的财产，然后与两三个老同学合资开了个制作销售电气机械的公司。我是这家公司最大的股东，实际由朋友们运营，我无需每天都去上班。但是，不知道为什么，我天天在家，娜奥秘对我也不好，无奈之下，我只好每天都去公司转转。我一般上午十一点从横滨到公司，中午十二到京桥的事务所打个照面，下午四点左右回家。

之前我很勤劳，每天早早起床，但是最近每天都赖床到九点半或者十点才起。起床之后，我穿着睡衣小声地跑到娜奥秘的房间前轻声敲门。她比我还能睡，这时候还在半睡半醒的，有时候会"哼"一下当作迷迷糊糊的回答，有时候睡得很沉，没有反应。有时候我进去打招呼，她没反应，我就去事务所上班。

我们两口子不知道何时起就分房睡了，说起来，还是娜奥秘提议的。她说，女人的闺房是神圣的地方，就算是丈夫都不能随便进出。她自己抢了个大房间，然后把隔壁那个小房间给了我，我们虽然是邻居，但是两个房子并不挨着，中间还有一个夫妻专用的浴室和厕所。需要通过这个中间地带才能从这个房间到那个房间。

她每天都赖在床上似睡非睡，迷迷糊糊的，有时候抽点烟，有时候看看报纸，一直赖到十一点之后才起。她抽的香烟是迪米特里诺牌子的细长的卷烟，读的报纸是东京的《都新闻》，还有一些传统服装和流行服装杂志。实际上，她并不是阅读，只是看上面的照片，主要是西服的款式设计和流行动态，她会一张一张地仔细欣赏。她房间的东面和南面有窗户，阳台下面就是本牧的大海，一大早光线就很好。她的房间很大，根据日式建筑来算的话，足足有二十铺席那么大。她的大床放在房子的中间，她的床绝非普通的便宜货，是东京某个使馆卖的。上面有华盖罩顶，边上有白纱帷帐。自从买了这张床，她可能睡得更安稳了，比之前更爱赖床了。她会在洗脸之前在床上喝红茶和牛奶，这时候，女佣就会将洗澡水准备好。她起床之后先洗澡，然后再躺在床上享受按摩，接着梳头、剪指甲。俗语云"武器有七种"，但是她的各种化妆品和器具有几十种，她用这些"武器"粉饰自己的脸蛋，不停地摆弄一番。她在选服装的时候也是左挑右选的，迟迟拿不定主意，打扮好之后来到餐厅已经是下午一点半左右了。

午饭到晚饭这段时间，她无所事事。在晚上，要么被别人邀请或者邀请别人，要么就去饭店跳舞，闲不着。这时候，她会再化妆一次，重新换一套衣服。如果要参加西式的晚宴，那就更麻烦了，去浴室让女佣帮忙，将全身扑满白粉。

她的朋友也经常换，自从那次之后浜田和雄谷就再也不来了，她曾经有段时间对马卡聂耳很上心，但是过了一段时间，她又对一个名叫杜根的男人很上心，后来又认识了一个叫尤斯塔斯的朋友。尤斯塔斯比马卡聂耳还让人窝火，擅长跟娜奥秘献殷勤。有一次，我受不了了，在舞会上将他揍了一顿。因此，引起一片哗然，娜奥秘护着尤斯塔斯，骂我是"疯子"，所以我就更带劲了，我打得他到处乱窜。大家将我抱住，大喊着"乔治、乔治"——我的名字叫让治，但是洋人以"George"来称呼我，所以我就成了乔治。发生这件事之后，尤斯塔斯就不来了。这时候，娜奥秘又提出新条件，我只好再次答应。

尤斯塔斯之后，肯定又有第二个和第三个尤斯塔斯，现在，我很老实温顺了，我自己都搞不懂。人啊，只要经历过一次恐惧，就会有强迫的意向，在脑海里永远挥之不去。我到现在都没法忘记娜奥秘抛弃我的时候那种痛苦，我的耳畔时常萦绕着一句"你知道我的厉害了吧"。我早就知道她是个朝秦暮楚的人了，她还任性妄为，如果改掉这个缺点，她就不再是原来的她了。我认为她越是放荡不羁、肆意妄为，就会越可爱，所以就掉进了她挖的坑。因此，我明白：越恼怒自己就越吃亏。

一旦人失去自信就没救了。现在，我的英语水平已经被她甩了好几条街了，她通过现场练习，水平得到了提高。当我在西式的聚会上听到她用英语向女士们、先生们撒娇问好的时候，用流利的英语侃侃而谈的时候，我才清楚她的发音本来就很好，很有洋味儿，我经常有听不懂的地方。她也经常按照洋人的叫法称呼我"乔治"。

关于我们夫妻二人的描述到此结束了。如果读者觉得荒诞无聊的话，就嘲笑我们吧；如果觉得是个教训，就引以为戒，作为前车之鉴吧。我因为对她太着迷了，所以不管别人怎么认为，我都不在乎。

娜奥秘今年二十三岁，我三十六岁。